CAPE

OF

GOOD

HOPE

아프리카 대륙의 최서남단 〈희망봉〉

CAPE OF GOOD HOPE
THE MOST SOUTH-WESTERN POINT
OF THE AFRICAN CONTINENT

34° 21' 25"　SOUTH
18° 28' 26"　EAST

CAPE OF GOOD HOPE
THE MOST SOUTH-WESTERN POINT
OF THE AFRICAN CONTINENT

케이프타운, 더 늦기 전에 아프리카

발 행 | 2022년 9월 1일

저 자 | 스모코

펴낸이 | 한건희

펴낸곳 | 주식회사 부크크

출판사등록 | 2014.07.15.(제2014-16호)

주 소 | 서울특별시 금천구 가산디지털1로 119 SK트윈타워 A동 305호

전 화 | 1670-8316

이메일 | info@bookk.co.kr

ISBN | 979-11-372-9337-3

『좌충우돌 감성 자유여행』

케·이·프·타·운
더 늦기 전에 아프리카

글/사진/편집 스모코

주말시장 〈네이버굿즈마켓〉이 있는

Old Biscuit Mi

Prologue

코로나 시대에 그 먼 케이프타운까지 왜 갔을까?

2022년 6월 16일 인천공항을 출발하여 7박 9일간의 케이프타운 여행 일정을 마치고 24일 귀국하였습니다.

2021년 코로나19 예방주사를 3차까지 맞았는데도 2022년 4월 코로나에 걸렸고, 5월이 되니 국민 1/3 정도 되는 1,800여만 명이 감염되었습니다. 5월은 코로나 확진자가 계속해서 발생하였지만 치료가 잘 진행되고 있고 백신과 치료제의 영향으로 심각성은 계속해서 감소해가는 시기였습니다.

유럽을 포함해 많은 나라들이 외국인에 대한 격리 해제를 단행하고 있었고, 우리나라 또한 내외국인 입국자에 대한 복잡한 요구 사항도 지속적으로 없애 가는 추세였습니다. 그러다 보니 또다시 갑작스러운 여행 욕구가 스멀스멀 솟아올랐습니다.

어느 정도 집단면역도 생겼다고 판단되고, 하루 1,000여 명 정도로 확진자 수도 줄어 코로나에 대한 두려움도 확연히 감소했습니다. 게다가 코로나에 한번 걸렸다가 나으니 당분간 코로나에 다시 걸릴 가능성이 낮을 것이라는 뜬금없는 생각도 들었습니다.

여행을 오랫동안 계획했던 것은 아니었습니다. 포르투갈, 스페인 여행을 마친 지 6개월 정도 밖에 지나지 않았으니 이런 식으로 계속 여행 하다간 거지꼴을 면치 못할 것은 불 보듯 뻔하기 때문입니다.

페이스북과 인스타그램에 외국 관광청과 여행 페이지를 팔로우 했던 것이 잘못된 행동의 원인이었나 봅니다. 계속해서 업데이트 되는 새로운 여행지 사진과 정보를 접해서 그런지 저도 모르게 항공권 검색을 하고 있는 저 자신을 발견했습니다.

어차피 여행을 떠날 바엔 그동안 가보지 않은 대륙을 가보고 싶었습니다. 남아메리카는 아직 많이 끌리지 않습니다. 그래서 아프리카 당첨!

죽기 전에, 그리고 한 살이라도 더 젊을 때 아프리카를 가보고 싶은 마음은 몇 년 전부터 계속 이어져 오고 있었습니다.

케이프타운이 아프리카에 있는 것 맞지?

몇 년 전 잡지에서 케이프타운에 대한 기사와 사진을 봤던 것이 또다시 떠올랐습니다. 케이프타운이 분명 아프리카에 있는데 잡지의 사진에서 본 그곳은 아프리카 느낌이 전혀 들지 않았습니다. 제가 좋아하는 도시의 풍경, 모던하고 아름다운 건물과 도시 조경이 제 마음을 빼앗았습니다.

잡지를 보는 도중에는 제가 아프리카에 갈 것이라고는 전혀 상상도 하지 못했습니다. 그렇게 몇 년이 지나면서 두 차례에 걸쳐 항공권을 예약했다가 취소하기를 반복하고, 이번 세 번째 시도에 드디어 성공했습니다.

케이프타운의 분위기는 이미 잡지에서 느꼈던 것처럼 호주 시드니, 영국 런던과 비슷합니다. 도심 중심가에는 고층빌딩도 적당히 있고 많은 건물은 외벽을 유리로 치장했습니다. 거리 역시 단순하고 깨끗하며 도롯가에 심겨 있는 초록의 식물들이 싱그러움을 느끼게 합니다.

해변으로 가면 항상 뜨거운 태양이 이글거릴 것만 같은 아프리카 느낌을 더욱 느낄 수 없습니다. 특히 시드니의 바닷가에 있는 고급주택 느낌이 들어 여기가 아프리카인지 호주인지 구분이 되지 않을 정도로 주택과 건물이 예쁘고 주변 나무, 식물과도 잘 어울립니다. 파란 하늘이 주택과 건물을 더 예뻐 보이게 만드는 것인지도 모르겠습니다.

세계사 시간에 공부했던 희망봉이 케이프타운에?

잡지를 보기 전까지는 케이프타운에 대한 기억이 거의 없었습니다. 다만 포르투갈의 1400년대, 바스쿠 다 가마Vasco da Gama가 인도로 가면서 발견했다는 희망봉Cape of Good Hope과 네덜란드의 동인도회사The East India Company라는 이름은 세계사 시간에 들은 기억이 있습니다.

그 희망봉과 동인도회사의 역사적 유물이 케이프타운에 아직도 존재합니다. 잡지에서 새롭게 본 테이블마운틴Table Mountain과 V&A Waterfront가 흥미를 일으킵니다.

아프리카 대륙의 가장 남쪽이라고 믿고 있었던 희망봉에 가보고 싶다는 욕구가 일어났습니다. 그러고 보니 의도하지는 않았지만 자연스럽게 한반도의 남쪽 땅끝 마을인 해남, 동쪽 땅끝이 있는 포항의 호미곶과 구룡포, 강원도 정동진 등을 가봤고, 호주의 가장 동쪽이라고 하는 퀸즐랜드Queensland 주의 바이런 베이Byron Bay, 유럽의 가장 서쪽이자 땅끝이라고 불리는 호카 곶Cabo da Roca 등에 가봤습니다.

희망봉이 딱히 아프리카의 가장 남쪽이라서가 아니라 세계사에 등장하는 역사적인 장소이다 보니 한번 가보고 싶은 마음이 생겼습니다. 동인도회사는 지금 사라지고 없지만 그들이 생활했던 장소가 컴퍼니스 가든The Company's Garden으로 남겨져 지금은 시민과 여행자에게 도심 쉼터를 제공하고 있습니다. 공원은 딱히 끌리는 것이 아니라서 도보 투어 일정

에 맞으면 가거나 그렇지 않으면 여행 상황을 보면서 가보기로 했습니다.

항공권이 정말 이 가격?

첫 번째, 두 번째 항공권 예약을 했다가 포기할 때 가장 가슴 아팠던 점은 5만 원으로 아프리카 항공권 예약을 했었다는 것이었습니다.

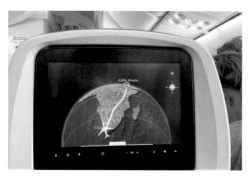

이번에도 처음엔 5만 5천 원으로 예약했습니다. 20여 시간을 비행해야 하는 아프리카행 비행기를 단돈 6만 원에 예약할 수 있다는 것이 저도 처음엔 믿기지 않았습니다.

인천에서 케이프타운에 갈 때는 문제가 없는데, 돌아올 때 에티오피아 아디스아바바에서 환승하는 시간이 30분밖에 주어지지 않아 너무 불안한 마음에 여정을 변경했습니다. 환승지를 하나 더 추가하여 케이프타운 -조하네스버그-아디스아바바-인천으로 변경하니 유류할증료와 세금이 급격히 상승하여 총 비용이 156,400원으로 급격히 뛰어 올랐습니다.

그래도 여전히 껌값이라고 생각했습니다. 껌값의 비밀은, 항공료는 마일리지로 결제하고 유류할증료와 세금만 현금으로 결제하는 데 있습니

다. 어차피 마일리지는 신용카드를 사용하면 자동으로 적립이 되는 것이니 결국 아프리카 항공권을 16만 원에 예약한 꼴입니다!

항공권 예약을 하고 보니 치안이 걱정

치안이 좋지 않다고 하는 것은 지난 두 차례의 케이프타운 항공권 예약을 할 때부터 충분히 인지하고 있었습니다. 코로나19의 변이 바이러스뿐만 아니라 여행 직전 뉴스에 갑자기, 떠들썩하게 등장한 원숭이두창도 겁을 먹게 하기에 충분했습니다.

나이를 한 살 더 먹어 그런 건지, 삶에 대한 미련이 많은지, 딸과 가족들에 대한 책임감이 갑자기 더 커진 건지, 여행이 코앞으로 다가와서 그런지 치안에 대한 걱정이 너무 크게 다가왔습니다. 심지어 '이 여행을 그대로 가야 할까?' 하는 고민까지 들 정도로 심각하게 고민을 했습니다.

인터넷에서 본 기사 중, 가짜 경찰복을 입은 서너 명의 강도가 길가에서 지나가는 차를 멈추게 하여 벌인다는 강도질, 대사관 홈페이지에서 본 안전 유의 사항 중 평소 20~30달러를 소지하고 다니다가 강도를 만나면 망설이지 말고 쥐야 한다는 식의 이야기를 빈번히 접하다 보니 지금까지 경험한 여행지와는 완전 다른 환경이란 것이 너무 와 닿았습니다.

그러다 보니 '총기 소지까지 가능한 케이프타운에 목숨까지 걸고 여행해야 하나?' 하는 의문이 들면서 살짝 한 발 뒤로 빼려고도 했었지만 모험을 해보기로 결심했습니다. 유튜브에는 케이프타운을 혼자 여행하는 유튜버도 많고, 평화롭게 살고 있는 한국인도 많아 뉴스가 과장된 것은 아닌지 제 눈으로 확인해보고 싶은 생각도 들었습니다. 어차피 한 번은 가야 할 곳이라고 생각하고 있었고, 먼 곳이다 보니 한 살이라도 젊을 때 다녀 오는 것이 좋겠다는 합리적인 판단도 있었습니다.

케이프타운 여행은 다른 여행지와 다른 점이 별로 없었습니다. 낯선 곳이다 보니 늘 긴장되고 가끔은 예기치 않은 일들이 발생했습니다. 아무리 티를 내지 않으려고 해도 여행자 티가 안 날 수는 없겠지만 노력을 많이 했습니다. 그중 하나는 가방과 카메라를 들고 다니지 않는 것이었고 이런 노력이 성공했는지 위험에 노출된 적이 없었습니다. 단지 약간의 불편과 실수 등 에피소드가 발생했지만 전체적으로 흥미롭고 재미있는 여행이었습니다. 케이프타운이 위험하다고 알려졌지만, 미리 잘 준비하고 경계하고 위험한 장소를 피하면 안전한 여행을 할 수 있고, 역사적으로나 여행 면에서도 충분히 다녀올 만한 가치가 충분한 도시입니다.

이 책을 통해 얻을 수 있는 건?

저는 여행 에세이는 글만큼 사진이 중요하다고 여기는 편입니다. 단 한 장의 사진으로 여러 문장의 글보다 훨씬 더 효과적이고 적절하게 설명과 묘사를 할 수 있다고 생각하기 때문입니다. 독자는 이 책의 사진을 통해 제가 느꼈던 케이프타운의 날 것 그대로의 모습과 분위기를 느낄 수 있으시기를 바랍니다. 참고로 이 책에 실린 대부분의 사진은 아이폰12 미니로 찍은 사진입니다.

일주일밖에 되지 않는 짧은 시간이었지만 케이프타운에 대해 간단하게나마 독자께 소개해드릴 수 있어 작업하면서 즐거웠습니다. 글과 함께 QR코드를 게시해 놓았으니 책의 글과 사진 외에 케이프타운의 동영상을 통해서도 좀 더 생생한 케이프타운을 감상하시기 바랍니다.

사진과 여행 정보가 많이 포함된 하이브리드 여행 에세이를 통해 케이프타운을 좀 더 이해할 수 있으시기를 바랍니다.

2022. 8. 31

글, 사진, 편집 스모코

도 아시아나항공 마일리지를 이용해 케이프타운에 다녀올 수 있었던 것은 스타얼라이언스^{Staralliance}라는 글로벌 항공 동맹체에 비밀이 있다. 아시아나항공이 취항하지 않는 도시라도 항공 동맹체의 어느 항공사가 취항하는 경우, 아시아나항공 마일리지를 이용해 그 취항 항공사의 노선을 예약할 수 있다. 물론 아시아나항공 홈페이지에서 직접 예약하거나 안내센터에 전화로 예약하면 된다.

처음에 예약할 때 세금과 유류할증료는 55,000원이었다. 인천-에티오

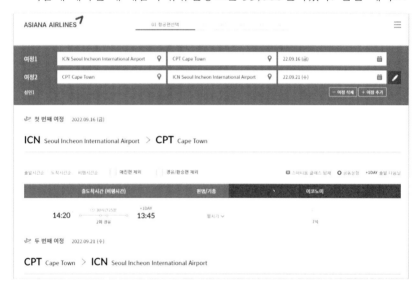

피아 아디스아바바-케이프타운, 케이프타운-아디스아바바-인천 노선으로 중간에 한번만 경유하는 노선이었다. 하지만 귀국할 때 아디스아바바에서 경유시간이 30분밖에 주어지지 않아 케이프타운-조하네스버그-아디스아바바-인천으로 노선을 변경하고 나니 항공권 세금, 유류할증료 액

수가 세 배나 올라갔다. 보너스 항공권이다 보니 항공권은 무료이고 세금과 유류할증료만 내면 되는데 결국 조하네스버그에서 내리고 다시 타는 비용이 10만 원이나 되었던 것이다. 억울하지만 이 정도도 거저라는 생각이 들어 더 이상 속상해 하지 않았다.

사실 대부분의 나라가 코로나19를 더 이상 거리두기나 입국 제한을 하지 않고 있어 우리나라에서도 보복여행이 한창이다. 하지만, 러시아-우크라이나 전쟁으로 유가가 많이 오르기도 했고, 항공사도 이익을 위해 항공권 가격을 많이 올리는 바람에 할인항공권이 보통 80여만 원이던 인천-미국 노선은 200만 원이 넘기도 한다. 이런 상황에 아프리카 항공권을 단돈 15만 원으로 구입할 수 있었으니 좋은 기회였던 것은 확실하다.

마일리지 차감

인천-케이프타운 왕복 마일리지는 100,000마일이 공제되었다. 스타얼라이언스의 에티오피아항공을 이용했는데 케이프타운을 비롯한 아프리카 전역은 이 항공사가 몇 년 전부터 가장 활발히 취항을 해왔다.

스타얼라이언스 항공사로 예약할 때는 아시아나항공에 할 때보다 1만 마일 더 많은 마일리지를 차감한다. 예를 들어 아시아나의 경우, 한국-동남아 40,000마일, 한국-미주/대양주/유럽 70,000마일인데 반해 스타얼

라이언스는 한국-동남아 50,000마일, 한국-미주/대양주/유럽 80,000
마일이다. 성수기 역시 더 많은 마일리지를 차감한다.

마일리지로 원하는 노선 예약하는 팁 한 가지!

아시아나항공이든 대한항공이든 국적기를 이용하는 것이 승무원과 소
통도 원활하고 음식과 서비스 등 여러 가지 면에서 편리하다. 하지만 국
적 항공사의 좌석을 마일리지로 예약하는 것은 좀 어려운 편이다.

이럴 때는 꼭 국적기만 고집하지 말고 국적기의 항공 동맹체를 활용하
면 좋다. 아시아나항공 대신 스타얼라이언스, 대한항공 대신 스카이팀의
항공권을 검색하면 심지어 2주 정도 후의 비행 노선도 예약할 수 있다.
게다가 국적기 좌석은 이미 예약이 꽉 차 있지만 동맹체 화면에서는 국적
기 좌석이 눈에 띌 수도 있다. 물론 마일리지는 동맹체 기준으로 조금 더
차감되지만, 국적기를 타고 마음 편한 비행을 할 수 있다.

아시아나항공이 대한항공과 합병된다는 뉴스가 있지만 마일리지는 한
동안 사용할 수 있고, 합병된다고 하더라도 마일리지가 사라지는 것은 아
니다. 아시아나항공의 마일리지 14만 마일이면 세계일주를 할 수 있는
항공권 예약도 가능하다.

케이프타운 국제공항

테이블마운틴 전망을 가진 아파트를 에어비앤비^{Airbnb}로 예약

이번 여행은 저렴한 여행이 컨셉이어서 저렴한 숙소를 찾는 데 시간이 오래 걸렸다. 비수기에 해당할 것 같아 호텔도 많이 저렴할 것으로 예상했는데 생각보다 저렴하지 않았고, 에어비앤비 역시 생각 같지 않았다. 가까스로 괜찮아 보이고 가격도 저렴한 숙소를 찾았다.

롱 스트릿의 남쪽 끄트머리에 있는 원룸 형태의 아파트인데, 체크인을 하기 위해 찾아갔을 때 구글맵을 보고 익혀둔 위치에 이 아파트가 없어서 살짝 멘붕이 오던 찰나에 다음 블록에서 숙소를 발견하고 안도의 한숨을 쉬었다. 구글맵의 스트릿 뷰에 해당 건물 자체가 찍히지 않은 것으로 보아 최근에 건축된 아파트인 것이 분명하다.

출입구는 숫자패드를 이용해 문을 열고, 현관 뒤에는 다른 건물들과 마찬가지로 24시간 경비가 있어 안전하게 느껴진다. 난 콩고에서 온 J.P.와 에릭을 단순히 경비로만 생각하지 않고 친구처럼 대하며 우리나라에 대해 알려주고 내가 궁금한 것을 물어보기도 하였을 뿐만 아니라 한국에서 가져간 과자와 기념품을 선물하며 여행 기간 내내 좋은 시간을 보냈다.

아파트 주인은 기업적으로 민박을 운영하기 때문에 얼굴을 볼 수는 없었고 에릭으로부터 룸 키를 받고 체크인했다. 주인과는 왓츠앱^{WhatsApp}을 통해 문자로 대화를 나누었기 때문에 소통은 원활하게 이루어졌다.

룸은 4평 정도의 크기에 인덕션이 설치되어 있는 주방과 화장실이 내부에 딸려 있고 발코니에 나가면 테이블마운틴 오른쪽 끄트머리 일부와 라이온스헤드를 볼 수 있다. 퀸사이즈 침대, 히터, 주방용품 등 필요한 대부분이 비치되어 있었는데 헤어드라이어가 없는 것이 살짝 아쉬웠다. 빨래는 2층의 공용세탁실에서 QR코드를 휴대폰으로 사진 찍어 결제하는 시스템이었는데 안타깝게도 휴대폰이 와이파이를 잡지 못하는 바람에 근처 마켓에서 운영하는 빨래방 서비스를 이용했다.

에어비앤비의 숙소는 간혹 사기꾼도 있을 수 있고, 사진과 달리 청결도나 인테리어, 비치 용품 등이 엉터리도 있을 수 있어 예약 시 유의해야 한다. 단순히 저렴한 것만 찾지 않고 호스트가 본인 인증을 한 사람인지, 슈퍼 호스트인지, 후기가 좋은지 등을 복합적으로 비교 판단해서 결정해야 사고나 예약이 취소되는 사태를 방지할 수 있다.

여행 이틀 전에 에어비앤비 사이트에 들어가 보니 비수기 할인이 진행 중이다. 헉, 25만 원! 내가 여행할 때도 분명 비수기였는데……

숙박비용 7박 295,627원　**홈페이지** airbnb.co.kr

WOODBRIDGE
ISLAND
BEACH

CONTENTS

테이블에 식탁보가 깔린 모습
〈V&A 워터프론트에서〉

거스텐보쉬의 붐슬랑

테이블마운틴 정상의 구름

보캅 지역으로 향하는 길

V&A 워터프론트 너머 구름 낀 테이블마운틴

CAPE TOWN

케이프타운 시내 건물의 그래피티

케이프타운 동부 해변 클리프턴

V&A 워터프론트의 코뿔소

볼더스 비치의 아프리카 펭귄

SOUTH AFRICA

케이프 포인트

희망봉을 현지 투어로 돌아보기

고등학교 세계사 시간에 배워 어렴풋이 들어본 적이 있었던 희망봉!

역사적인 사실은 잘 모른 채, 그저 아프리카 대륙의 최남단이라는 것만 기억하고 있었다. 하지만 케이프타운에 가려고 마음을 먹자 제일 먼저 떠오른 것이 희망봉이었다.

유럽인으로서는 1488년 포르투갈의 바르톨로뮤 디아스^{Bartolomeu Diaz}가 처음 발견한, 그리고 1497년 바스쿠 다 가마^{Vasco da Gama}가 인도를 항해하면서 지나간 그 희망봉이다.

렌터카를 빌려 운전하면서 경치가 좋은 해변이나 절벽 위에서 쉬엄쉬엄 놀다가기를 반복하려고 했던 계획은 '안전'에 대한 걱정이 점점 상승하면서 자연스레 취소되고 다른 사람들과 함께하는 투어로 변경되었다. 실제 경험한 케이프타운 사람들은 친절하고 잘 웃는 사람들이었는데 너무 걱정이 앞서 좋은 기회를 스스로 망친 것은 아닌가 싶다.

씨티사잇싱 투어 예약

인터넷으로 다양한 투어업체를 찾기가 어려웠고 여행자 거리인 롱 스트릿^{Long Street}에서도 투어를 발견할 수가 없었다. 결국 투어는 씨티사잇싱 ^{City Sightseeing}에서 운영하는 Cape Point & Penguin Explorer Tour를 이용하였다. 보울더스 비치^{Boulders Beach}에서 펭귄을 한 차례 구경한 후 희망봉을 최종 목적지로 한다.

전날 롱 스트릿에 있는 사무소로 직접 가서 예약하려고 5시 10분에 갔는데 이미 5시 마감을 하고 청소한다며 예약은 인터넷으로 하라고 한다. 할 수 없이 숙소로 돌아와 밤에 예약하고 다음 날

아침 투어버스에 올랐다.

45인승의 대형버스를 예상했는데 25인승 미니버스가 와서 좀 실망했다. 겨울로 접어드는 여행 비수기라서 예약한 손님이 많지 않은가 보다. 한국인은 나 혼자, 프랑스, 영국, 호주, 브라질 등 다양한 국적의 20여 명과 함께 한다.

전날 인터넷으로 예약하고 받은 이메일을 휴대폰을 통해 업체 직원에게 보여주니 투어 참가증을 종이로 인쇄해준다. 희망봉이 속한 국립공원 입장료도 같이 납부했는데 그 입장권은 국립공원 입구에서 자동차 운전사이자 가이드가 직접 줄 것이라고 이야기 한다.

10시 10분에 출발한 버스는 커스텐보쉬Kirstenbosh 앞, 뮤젠버그비치Muizenberg Beach를 지나 사이몬스타운Simon's Town의 보울더스 비치에 11시 5분 도착했다.

오후 1시 10분까지 자유롭게 펭귄을 관람하고 점심을 먹을 수 있는 시간이 주어졌고, 자유시간 종료 후 이곳에서 40분을 더 남쪽으로 내려간 후 케이프 포인트 주차장에 도착했다. 달리는 버스 안에서 창밖으로 보이는 풍경이 절경이다. 버스는 왼쪽으로 폴스베이False Bay를 끼고 달리는데 파란 하늘과 푸른 바닷물도 아름답지만, 버스가 달리고 있는 도로는 해안가 절벽 위에 있고 버스 안에서 바라보는 앞과 왼쪽의 절벽 풍경은 감탄을 자아내게 한다. 원래 자연 풍광에 놀라고 감탄하는 성격이 아닌데 바로 눈앞에 보이는 몇 백 미터의 깎아지른 듯한 거대한 절벽은 웅장하고 장엄한 느낌을 갖게 하기에 충분하다.

게다가 이것보다 더 놀라운 것은, 폴스베이 너머에 있는 육지 끝의 높은 산봉우리들이다. 20~30km 떨어진 곳에 있는 바닷가의 산봉우리는

희망봉 가는 길

먼 거리임에도 불구하고 높이가 장난이 아닌 것처럼 높아 보인다. 그것들만 봤다면 별로 놀랍지 않았을 수도 있는데 거대한 절벽 위 도로를 달리고 있으면서 먼 거리에 있는 산을 보고 있어서 그 산의 규모가 더 거대할 것이라고 착각하는지도 모르겠다.

오래전 영화 '반지의 제왕'에 주인공이 탄 배가 산으로 둘러싸인 물 위를 달리고, 배의 양옆으로 인간 형상을 한 거대한 석상이 등장하는 씬 Scene이 있다. 이 화면을 보며 엄청난 웅장함과 장엄함을 느꼈는데 폴스베이 너머 해안가 산의 느낌이 딱 그랬다.

희망봉 여행의 시작, 케이프 포인트

케이프 포인트 주차장은 꽤 널찍하다. 남쪽으로는 바다와 절벽, 동쪽으로는 바로 앞에 기념품 가게 건물과 그 너머 산 정상에 하얀색 등대가 보인다. 주차장에서 희망봉은 보이지 않는다.

가이드는 사람들에게 1시간의 시간을 주었고, 언덕길을 따라 등대와 케이프 포인트에 다녀오든가 주차장에서 시간을 보내라고 전한다. 혹시

케이프 포인트 주차장

영어를 잘 이해하지 못하는 사람들을 위해 A3 종이에 만날 시간 '2:40'을 적어 손에 들고 강조하며 2시 40분까지 주차장으로 돌아오라고 말한다.

몇 년 전, 케이프타운 여행을 준비하면서 이해가 잘 안 갔던 부분이 바로 희망봉과 그 언저리 명소였다. 이번 여행을 준비하면서 다시 살펴보다 보니 대충 이해가 갔는데 실제로 가보고 명확해졌다.

헷갈렸던 부분이 희망봉과 케이프 포인트였다. 희망봉은 뭐고 케이프 포인트는 또 뭔가. 아이러니하게 세계사 시간에 들은 희망봉을 보러 갔는데 희망봉은 있으나 말거나 하는 느낌이고 케이프 포인트가 메인처럼 느껴진다.

일단 중심이 되는 메인 주차장이 산 위에 위치하고, 푸니쿨라 역과 레스토랑, 기념품점이 있으며 이곳이 두 개의 등대와 케이프 포인트, 그리

오른쪽 절벽 너머에 희망봉

고 반대편 희망봉으로 향하는 출발점이 된다.

이 주차장에서 동쪽 포장길을 따라 걸으면 언덕 위로 보이는 등대The Old Lighthouse와 그 너머에 위치한 새로운 등대Cape Point Lighthouse, 케이프 포인트로 갈 수 있다. 길지는 않지만, 이 언덕길을 올라가기 어려우면 주차장에서 푸니쿨라Flying Dutchman Funicular를 타고 등대The Old Lighthouse 바로 앞까지

편하게 이동할 수도 있다. 주차장에서 첫 번째 등대까지 걸어 올라가는 길은 길지도, 험하지도 않기 때문에 푸니쿨라는 걷기 어려워 타는 용도는 아닐 것 같다.

주차장에서 남쪽 바닷가로 난 작은 오솔길을 따라 해안가로 내려가면 디아스 비치^{Dias Beach}를 지나 희망봉^{Cape of Good Hope}에 이르게 된다.

푸니쿨라

1시간이 충분한 시간인지 그렇지 않은지는 중요하지 않고 일단 동쪽의 언덕길을 올라간다. 주변의 나무는 바람의 영향인지 키가 작은 관목들이고 등대 앞에 다다르니 빨간색 알로에꽃이 반갑게 맞아준다. 우리나라 알로에가 남아공에서 왔다는 이야기가 기억 난다.

알로에 꽃

올라가면서 오른쪽으로 대서양인지 인도양인지 구분할 수 없는 바다가 눈앞의 절벽과 함께 멋진 풍광을 보여준다. 스리랑카에서 인도양을 봤고, 포르투갈에서 대서양을 봤는데 이곳에선 인도양과 대서양을 동시에 감상할 수 있다. 희망봉을 중심으로 동쪽은 인도양, 서쪽은 대서양이지만 바다에 금이 그어진 것은 아니라서 명확히 구분하기는 어렵다. 바람이 항상 세게 분다고 했던 인터넷상의 이야기는 하나도 틀린 말이 아니다.

10여 분 언덕길을 걸어 올라가다가 이정
표를 보니 '푸니쿨라'가 눈에 띈다. 그러고
보니 희망봉에 오면 푸니쿨라가 있다고 하
던데 앞으로 얼마나 더 올라갈지 모르지만,
시간을 절약하기도 하고 푸니쿨라 경험도 할 겸 한번 타보자는 심산으로
아무 생각 없이 역으로 갔다. 요금도 70랜드약 5,600원. 1랜드 ≒ 80원여서 비싸지
않다고 생각하고 티켓을 산 후 미리 정차해있던 푸니쿨라에 허겁지겁 올
라탔다. 그리고 곧 멘붕이 왔다.

'어라, 올라가는 게 아니라 내려가는 푸니쿨라였어?'

어휴, 내가 탔던 푸니쿨라 역은 꼭대기 역이고 아래 주차장과 두 지점
을 왕복하는 노선이었다. 정말 귀신에 홀린 듯 푸니쿨라 이정표를 보자마
자 아무 생각 없이 타 버렸으니 한심한 생각이 들었다.

푸니쿨라를 타고 내려오면서 고민했다. 푸니쿨라에서 내려 그냥 주차
장에서 남은 시간을 보낼 것인가 다시 올라가서 등대를 볼 것인가.

시간이 많지 않아 고민이 많이 되었지만 다시 올라가기로 했다. 푸니
쿨라에서 내리자마자 다시 왕복으로 티켓을 샀다. 편도가 70랜드였는데
왕복은 85랜드밖에 안 한다. 허탈하지만 이미 지난 일은 속상해해봤자
도움이 안 된다.

두 대가 서로 교행하는 형태로 운영되는 푸니쿨라는 직원이 직접 운전한다. 서로 내려오고 올라가는 중간에 교행로가 있어 이곳에 먼저 다다른 푸니쿨라가 다른 푸니쿨라를 기다렸다가 비껴가는 방식으로 운영된다. 사방이 유리창으로 만들어져 있어 밖의 경치를 바라보며 편하게 오르내리기를 할 수 있어 노약자나 시간에 쫓기는 여행자에게 도움이 될 것 같다.

푸니쿨라에서 내려 돌계단을 따라 올라간 지 3분도 채 걸리지 않아 등대The Old Lighthouse에 도착했다. 처음부터 푸니쿨라를 타지 않았으면 벌써 이곳에 올라왔을 텐데 도대체 왜 아무 의심이나 확인 없이 홀리듯 역으로 갔는지 지금도 이해가 되지 않는다.

희망봉 등대The Old Lighthouse

등대는 보통, 아니 웬만하면 예쁘던데 이 등대는 좀 볼품이 없다. 하단은 검은색, 상단은 흰색이고 지붕은 빨간색으로 포인트를 줬는데도 키는 작고 디자인 역시 예쁜 구석이 없다.

하단 검은 부분에는 흰색 펜으로

쓴 낙서가 많다. 흰색 펜을 준비할 만큼 철저한 여행자들이 이렇게 많을 줄은 상상을 못 했다. 가방에 있는 펜을 꺼내 즉흥적으로 낙서를 하는 것이 보통이고, 검은색 펜을 일반적으로 소지하고 있다고 보면 이건 정말 작정하고 펜을 준비한 것이었다.

1860년부터 1919년까지 운영된 이 등대는 해발 249m 높이에 설치되어 67km 밖의 선박에까지 빛을 비추었다. 하지만 대서양과 인도양이 만나 바람이 세고 잦은 구름과 안개로 제 기능을 못 한데다 설상가상으로 1911년 포르투갈의 선박이 좌초하게 되어 곶의 끄트머리 디아스 포인트에 새로운 등대^{Cape Point Lighthouse}가 만들어지면서 이 등대^{The Old Lighthouse}는 역사의 뒤안길로 들어갔다.

등대의 기능은 멈추었고 외형은 별 특색이 없지만, 운영을 멈춘 지 100년 이상 지난 등대라는 것이 인상적이다. 여행자의 눈으로 본다면, 이곳이 해발 249m밖에 안 되지만 바다가 바로 절벽 아래에 있어 다른

평지에서의 높이보다 훨씬 더 높은 곳에 있는 것 같은 착각이 든다. 등대에 오르면 바람이 엄청나다는 동영상을 봤었는데 실제로 그렇다. 등대 주위에 빙 둘러 성곽처

절벽 끝에 새로운 등대,
Cape Point Lighthouse

럼 돌로 난간을 설치해놓기는 했는데 높이가 너무 낮아 아차 하는 순간 바람에 날려 난간 밖으로 나가떨어질 것 같은 걱정이 든다.

동서남북 사방을 한눈에 조망할 수 있는 것도 장점이다. 북서쪽으로는 케이프타운까지 이어지는 케이프반도를, 북동쪽으로는 폴스베이와 그 너머 장엄한 산봉우리, 남쪽으로는 대서양인지 인도양인지 모를 바다, 남동쪽에는 또 다른 등대인 Cape Point Lighthouse가 있는 케이프 포인트가 보인다. 그리고 보니 원래 목적지가 케이프 포인트였는데 푸니쿨라 타고 오르락내리락 하다가 시간을 다 빼앗겼다. 한국인이 나 혼자 밖에 없는 상황에 다른 투어 참가자에게 민폐를 끼치지 않으려고 케이프 포인트는 포기한 채 다시 푸니쿨라를 타고 주차장으로 내려왔다.

또다시 이곳에 오는 것은 쉽지 않을 텐데 많이 아쉽다.

희망봉은
어디에?

하이킹으로 희망봉^{Cape of Good Hope}에

약속된 시간에 사람들이 주차장에 다시 모였고, 가이드는 두 개의 선택권을 제시했다. 마지막 목적지인 희망봉에 가는 방법으로, 자신과 함께 버스를 타고 가는 방법과 해안가 오솔길을 따라 하이킹으로 가는 방법.

나는 다른 아홉 명의 사람들과 함께 하이킹을 선택했고, 가이드는 맨 앞과 맨 뒤에서 사람들을 가이드 할 사람 두 명을 선발하며 안전에 대해 다시 한 번 설명했는데 하이킹 중 가장 위험한 것은 '강한 바람'이라고 했다.

주차장에서 오솔길을 따라 남쪽으로 내려가자마자 숲속에 영양으로

케이프 포인트 주차장에서 희망봉으로 향하는 산책길

디아스 비치

보이는 커다란 동물이 한가롭게 휴식을 취하고 있다. 등대 올라갈 때 만난 바분Baboon에 이어 두 번째로 만난 야생동물이다. 눈앞에서 야생 동물을 보니 사파리는 아니어도 뭔가 좀 특별한 기분이 들기는 하지만, 생각했던 것보다 동물들이 다양하게 보이지는 않는다.

디아스 비치에 가까워져 오니 나무판자로 보행로를 만들어 놓아 그냥 울퉁불퉁한 흙길보다는 걷기가 훨씬 편하다. 다만 바로 왼쪽이 절벽인데다 바람이 그야말로 폭풍 수준이라서 바람에 날려가지 않도록 걸을 때 조심하고 가만히 서 있을 때도 다리에 무척 힘을 주고 있어야 하니 힘들다.

경치 구경하다 몸이 휘청하는 순간이 있었는데 옆에 있던 젊은 커플이 손가락질까지 하며 웃어댄다. 최근에 몸이 많이 말라서 바람에 더 취약해진 건가 하는 생각을 하며 절벽 아래로 날려가지 않도록 조심에 조심을 더했다.

절벽 위에서 감상하는 하얀 모래, 새하얀 파도의 포말이 엄청나게 밀려오는 디아스 비치는 비치를 둘러싸고 있는 절벽과 더불어 절경이다. 아래로 내려가는 계단이 있었지만, 하이킹 출발 전 가이드가 해변으로 내려가지 말고 곧바로 직진 하라고 한 당부 때문에 우리 팀 열 명은 계단 앞에서 사진만 찍고 아쉬움을 달래며 다시 하이킹을 시작했다. 혼자 할 수 없는 것은 투어를 통해 할 수 있는 것이 투어의 장점이지만 내가 하고 싶은 것을 마음대로 할 수 없다는 것이 투어의 단점이기도 하다.

다양한 식물과 꽃을 감상하기도 하고 절벽과 해변, 특히 파란 하늘과 바다를 감상하며 걷는 50분간의 하이킹은 가슴이 시원하고 너무 즐거운 경험이었다. 더군다나 올라가는 길이 아니고 대부분 내리막길이다 보니 힘이 많이 들거나 땀이 나는 그런 하이킹이 아니라서 더 좋았다.

희망봉에 거의 다다르자 잠깐의 오르막 산행이 있었고 산꼭대기에는 가이드가 미리 와서 우리를 맞아준다. 산봉우리에서 아래를 보니 딱히 뭐가 있는 것은 아닌데 '아, 저곳이 희망봉이구나!' 하는 생각이 든다.

희망봉이라고 하는 장소에는 화장실이나 그 흔한 카페 등 인위적인 손길이 거의 닿지 않았다. 570여 년 전, 포르투갈 사람들이 두려움과 호기심, 경외심을 갖고 어렵게 도착한 이곳에, 유럽인들이 동양을 수탈하고 착취하기 시작했던 그 시기의 역사적인 장소에 내가 와있다는 것이 신기하다. 그때의 희망봉과 지금의 희망봉은 바닷물이 오염되고 주차장이 만들어졌으며 나무 간판 세워진 걸 제외하면 별로 달라진 것도 없을 것이

희망봉

다.

희망봉이라고 하는 곳에 딱히 뭐가 있는 게 아니다. 바닷물과 불과 20여 미터도 떨어져 있지 않은 곳에 간판 세 개를 세워 놓은 기둥, 돌로 주차구역을 표시해놓은 주차장 20여 개, 그리고 끝.

지구 반대편, 적도 반대편의 나라, 고등학생도 배워 알고 있는 그 유명한 희망봉이 삐까뻔쩍은 아니어도 이건 해도 너무 한 게 아닌가 하는 생각이 든다. 남아공 사람들이 정동진, 해남 땅끝마을, 호미곶을 한번 가봐

희망봉

야 생각이 좀 바뀌려나?

지금은 비수기라서 관광객이 많지 않지만, 성수기에는 많은 사람이 이곳을 찾아올 텐데 남아공 국가적인 차원에서 적극적인 개발을 하면 어떨까 하는 생각이 들기도 한다. 하지만 관광업에 많은 노력을 하고 있는 남아공이 일부러 개발을 하고 있지 않다는 생각이 든다. 국가적인 차원에서 개발을 하는 것은 어렵지 않은 일이지만 그것보다 환경 보존 등에 더 큰 가치를 부여함으로써 후대에 온전히 물려주려는 거시적인 계획이라고 판단된다.

간판의 세 개 중 좌측과 우측은 동일한 내용으로, 이곳이 '아프리카 대류의 가장 남서쪽 장소'임이 적혀 있고, 가운데는 위도와 경도를 새겨놓았다. 바스쿠 다 가마 시대에는 이곳이 아프리카의 가장 남쪽이라고 알고 있었겠지만 실제로는 이곳에서 동쪽 100km 넘는 곳에 있는 아굴라스 Cape L'Agulhas가 아프리카의 최남단이다. 그러니 희망봉 간판에 굳이 '가장 남서쪽THE MOST SOUTH-WESTERN'이라고 표시를 해놓을 수밖에. 참고로 아굴라스에 가는 사람은 별로 없다고 한다.

사람들이 돌아가며 간판 앞에서 사진을 찍는다. 누군가 내 휴대폰으로 나를 찍어줬고, 나 역시도 다른 사람들에게 그들의 사진을 찍어줬다. 해가 뉘엿뉘엿 넘어가려고 하는 시간이라서 사진을 찍어주는 내 그림자가 사진을 망가뜨리고 있어 이리저리 옮겨 다니며 사진을 찍는다.

해변에는 동글동글하고 수박만한 바위들이 널려있고, 누가 시작했는지 모르겠지만 바위를 층층이 올려 만든 탑이 셀 수 없이 많다. 우리나라 사람이나 외국인이나 돌을 보면 쌓고 싶어 하는 마음이 자연스레 생기는가 보다. 바다는 돌과 바위로 되어 있고 미역처럼 보이는 해초가 얕은 바다에 엄청 많이 보이는데 아예 뿌리가 뽑힌 채 해변에 밀려온 것도 많다. 꼭 육지의 나무를 보는 것처럼 해초의 줄기와 뿌리가 온전하고 큰 녀석은 3미터가 넘는 것도 있다. 이것들이 미역이라면, 우리나라로 수출해보면 어떨까 쓸데없는 생각도 해본다.

희망봉에서 시내로 돌아오는 버스가 출발하고 나서 3분이 채 지나지 않아 가이드는 차를 잠시 세웠다. 타조 네 마리를 발견한 가이드는 타조에 관한 설명을 상당히 장황하고 디테일하게 오랫동안 했는데 딱 한 마디만 이해했다.

'암컷이 죽으면 수컷은 60년을 혼자 살아가고, 수컷이 죽으면 암컷은 딱 세 시간만 싱글인 상태로 있다.'는 것이다. 보울더스 비치에서도 펭귄에 대해 상당히 자세한 정보를 알려줬던 터라 그가 했던 말이 100% 맞을 것이라고 확신한다. 하하하!

그리고 보니 희망봉에 와서 야생 동물 바분, 영양, 타조를 봤다.

관광업에 큰 노력을 쏟고 있는 남아공이 희망봉에 매점, 심지어 화장실도 만들어놓지 않은 이유가 있으리라 생각한다. 무분별한 개발과 투자보다 자연을 더 소중하게 여기고 관리하는 남아공에 박수를 보낸다.

업체명 City Sightseeing Cape Town

투어명 Cape Point & Penguin Explorer Tour

경　비 투어 815랜드(투어 455랜드, 공원 입장료 360랜드), 보울더스 비치
　　　　입장료 170랜드 별도

홈페이지 www.citysightseeing.co.za/en/cape-town

테이블마운틴 국립공원 www.sanparks.org/parks/table_mountain

DIAS BEACH
WARNING: RIP CURRENTS
Swimming is dangerous

희망봉

BOULDER
PENGUII
COLON

아프리카에서 펭귄 구경을

희 망봉Cape of Good Hope에 가는 투어Cape Point & Penguin Explorer Tour에는 보울더스 비치의 펭귄 투어도 포함되어 있다. 10시 10분, 롱 스트릿을 출발한 버스는 1시간이 지나지 않은 11시 5분, 사이먼스 타운의 보울더스 펭귄 콜로니Boulders Penguin Colony 비지터 센터에 도착했다.

가이드는 비지터 센터에 들어가기 직전 잠시 걸음을 멈추고, 펭귄을 만났을 때 해야 할 것과 하지 말아야 할 것들을 설명해주었는데 당연한 이야기들이어서 귀에 와닿지 않는다. 그것보다 중요한 것은 앞으로 2시

간은 자유이고, 그 시간 안에 점심까지 먹은 후 1시 10분, 다시 희망봉으로 출발한다는 것이다.

투어 비용과 희망봉 입장료는 인터넷으로 예약할 때 추가로 지불했으나 이곳 입장료는 별도라서 입장료 170랜드를 내고 안으로 들어갔다. 건물 안쪽은 곧바로 해변으로 연결되는데 앞으로 곧장 나 있는 보행로Main Boardwalk와 오른쪽으로 나 있는 숲길Forest Link Boardwalk 두 갈래길로 되어 있다.

몇 미터 앞에서 펭귄을 볼 수 있는 팍시 비치Foxy Beach

당연히 앞쪽으로 나있는 메인 데크 길을 따라갔다. 길의 이름에서 알 수 있듯이 널빤지로 데크 길을 만들어 놓아 걷기 편하고 다른 곳은 밟을 일이 없어 환경을 파괴하지도 않게 설계되었다.

잠깐 걸었는데 길의 오른쪽 모래 언덕에 펭귄 한두 마리가 눈에 띈다. 3분도 채 걷기 전에 펭귄이 몰려 있는 장소, 팍시 비치Foxy Beach에 도착했다. 대포같이 거대한 렌즈를 끼운 DSLR

카메라를 들고 사진을 찍는 사람도 많이 보인다.

펭귄들은 햇살이 좋아 일광욕 하는 것처럼 누워 있는 애들도 있고, 서서 가만히 일광욕을 하고 있는 녀석들도 있다. 급하거나 활발하게 움직이는 녀석은 보이지 않는다. 세상 시름이나 먹을 걱정 없이 평화롭고 태평하게 살고 있는 펭귄들이 부럽다.

인터넷에서 본 사진이 생각났다. 지금 이곳은 데크 길에서 해변으로 내려갈 수가 없게 되어 있는데 사진에서는 해변에서 펭귄을 쫓아다닌다든가 펭귄 가까이에서 함께 찍은 사진도 있었다. 해변에 내려가 펭귄을 좀 더 가까이에서 보기 위해 왔던 길을 되돌아온다.

비지터 센터 쪽으로 거슬러 올라온 후 다시 숲길 쪽 데크 길을 따라 내려간다. 나무가 울창한 길을 따라 아래로 내려가다 보니 나무토막이나 큰 우유 통 같은 것으로 펭귄의 집을 만들어 준 것이 보인다. 펭귄이 그 속에서 가만히 휴식을 취하고 있다.

그러고 보니 펭귄이 모래 해변에서만 거주하지 않고 해변에서 조금 먼 거리인 이런 숲 속에서도 살고 있다. 나무와 덤불로 가득 찬 숲이기도 하고, 사람에게는 별로 멀지 않지만, 키가 60cm 정도밖에 되지 않는 펭귄에게는 꽤 힘든 걸음이 될 수도 있겠다는 생각이 든다.

해변에서도 좀 꾸리꾸리한 냄새가 났는데 이곳 데크 길에서는 좀 더 강한 향이 난다. 펭귄의 배설물에서 나는 냄새였다.

데크 길이 꺾어지는 지점에 쥐 같이 생긴, 쥐 보다는 훨씬 큰, 쥐처럼 생겼는데 토끼만한 동물이 가만히 서서 천천히 나를 노려보고 있다. 움직이지 않길래 인형인가 했는데 자세히 보니 아주 조금 움직인다. 테이블마운틴에서 종종 보인다는 다씨^{Dassie}가 여기에 출몰한 것이었다.

가까이 다가가서 보니 얼굴에 웃음을 짓고 있다. 원래 웃는 게 아니라 그렇게 생긴 것이겠지.

다씨는 꼬리가 없고 몸통이 통통하다. 거기에 웃는 상이어서 그런지 쥐와 비슷하게 생겼지만, 쥐와는 달리 귀엽다. 주로 바위 사이에서 서식하는 다씨를 해변에서 보게 될 줄은 상상도 못 했는데 우연한 만남이 즐겁다.

데크 길을 따라 끝까지 걸어가니 좀 전에 펭귄을 구경했던 팍시 비치의 끄트머리이다. 아까와는 달리 거리가 좀 떨어진 곳에서 펭귄들을 바라볼 수 있고, 오른쪽의 둥글둥글한 바위를 바로 앞에서 볼 수 있어 좋다. 해변에는 바다에서 뜯겨 밀려온 미역 줄기가 꽤 널려 있고, 얕은 바다에는 이것들이 수없이 자라고 있어 바다색이 시커멓기까지 하다. 그나저나 비치에 들어가 펭귄과 함께 사진도 찍고 싶었는데 이곳은 아예 펭귄도 가까이 없고 데크에서 해변으로 내려갈 수도 없다.

보울더스 비치^{Boulders Beach}는 어디에?

펭귄을 구경한 곳이 보울더스 비치라고 생각했는데 비지터 센터에서 받은 리플렛을 보니 보울더스 비치는 다른 곳이었다. 리플렛을 자세히 보지 않고 받자마자 그냥 주머니에 넣어버려서 몰랐는데 투어가 끝나고 숙소에 돌아와 리플렛의 지도를 보니 내가 펭귄을 본 곳은 팍시 비치였고, 보울더스 비치는 비지터 센터 내부에서는 접근할 수 없고 밖의 도로를 따라 남동쪽으로 조금 더 내려가야 했다.

분명히 가이드가 이야기했을 텐데 영어를 이해하지 못한 내 잘못이다. '어쩐지, 가이드가 다른 해변에 들어갈 때 비지터 센터에서 받은 영수증을 보여주면 무료로 들어갈 수 있다더니 이게 그 이야기였나!' 하면서 그제야 눈치를 챘다.

리플렛에는 보울더스 비치가 가장 인기 있는 여가 장소라고 기재되어 있고, 반면에 펭귄을 가장 잘 볼 수 있는 곳은 팍시 비치라고 적혀있다.

참 아이러니하다. 케이프타운에서 '펭귄' 그러면 '보울더스 비치'라고 알려져 있는데 정작 펭귄은 다른 비치에 있고, 보울더스 비치는 그냥 산책이나 하는 곳이라니…….

시간도 꽤 많이 남았었는데 보울더스 비치를 못 가본 것이 아주 아쉽다.

씨포스 비치^{Seaforth Beach}에서 점심을 먹고, 바로 앞에서 펭귄과 조우를

하고

비지터 센터에서 나와 근처에 딱 하나 있다는 식당으로 걸어갔다.

걷는 중간에 길가에 여러 가지 전통 장식품을 파는 길거리 상인들이 몇 명 있었는데 별로 내 관심을 끌지 못했다. 케이프타운에서는 구할 수 없는 제품들이 다양하게 있어 마음에 드는 제품이 있으면 그냥 사려고 했다. 혼자서 계속 고개를 끄덕이는 타조가 신기하기도 하고 잠깐 끌렸는데 살짝 고민하다가 '케이프타운에서 사야 하나?' 하고는 마음을 접었다. 어차피 이번 투어에도 가방 하나 없이 그냥 맨몸으로 돌아다니고 있는데 뭐라도 사면, 게다가 고개를 끄덕이는 저 애가 쉽게 부서질 것 같아 아쉽지

만 포기했다.

식당Seaforth Restaurant은 거의 비어 있었고 직원의 안내를 받아 야외 해변 쪽 테이블에 자리를 잡았다. 천장은 하얀 텐트 천, 테이블과 의자는 일체형 목재로 제작되었는데 이것들도 모두 흰색으로 칠해져 있어 그리스 해변이나 이탈리아 해변의 식당이나 카페 같은 느낌이다. 햇살이 천을 환하게 비추고 하늘과 바다는 파랗고 해변은 초록의 나무와 식물들로 뒤덮여 있어 어떤 음식을 선택해도 맛이 없을 수가 없을 것 같은 느낌이다.

괜스레 기분이 좋아진다.

해물 요리인 것만 알고 주문했는데 피시 앤 칩스Fish & Chips가 나왔다. 생

선은 겉이 바삭하고 안쪽 살은 촉촉하다. 말 그대로 '겉바속촉'.

감자칩은 비주얼이 일단 합격이다. 너무 희지도 타지도 않은 적당히 노릇노릇 잘 익은 색깔이다. 감자칩은 시간이 지나도 여전히 겉은 바삭하고 안쪽은 부드러워 맛이 좋다. 생선과 감자칩 모두 신선한 기름으로 튀겼는지 기름 냄새가 전혀 없다. 심지어 '기름으로 튀겼을까?' 하는 생각이 들 정도로 신선한 느낌이다.

음식에 조화를 맞추기 위해 샐러드도 주문했다. 그릭 샐러드 하나가 웬만한 메인 요리 가격이다. 토마토와 양파, 오이, 치즈, 초록의 채소들이 양념과 잘 버무려져 맛도 좋고 비타민을 먹는 듯한 느낌이다. 눈으로 보기에도 너무 신선해 보여 먹는 내내 즐겁다.

테이블 너머 해변에 사람들이 가끔 돌아다닌다. 펭귄을 따라다니면서 구경을 하는 것이었다.

식사를 마친 후 해변에 내려갔다.

펭귄 한 마리가 해변에 있다가 나를 발견하고 뒤뚱뒤뚱 도망간다. 또 다른 녀석은 바로 내 앞을 지나 해변의 숲속으로 도망친다. 고개와 팔은 움직이지 않고 두 다리로만 뒤뚱거리며 걷는 모습이 귀엽다.

보울더스 비치에 갔으면 더 많은 애들을, 더 가까이에서 볼 수 있었을까?

아프리카 펭귄

아프리칸 펭귄African Penguin 또는 자카스 펭귄Jackass Penguin이라 불리는 이곳의 펭귄은 날씨가 춥지 않기 때문에 남극에 사는 펭귄과 달리 몸집이 크지 않고 날씬한 편이다. 일부일처제로 살며 오징어나 앤초비, 조개 등을 먹고 산다. 부리는 꽤 날카롭고 눈가 위에는 분홍색 눈썹처럼 색깔이 들어있다. 목 아래에는 검은색 반달 띠가 둘려 있고, 배에는 검은색 점이 여러 개 나 있어 이런 것들이 다른 펭귄들과 구분되는 점이다. 펭귄은 조류에 속하기 때문에 알을 보통 두 개 낳고 암수가 교대로 포란한다.

리플렛에 따르면, 1982년 당시 단지 두 쌍만이 있었고 이들을 잘 번식시키고 관리하여 지금은 약 2,200마리에까지 이르렀다고 한다.

펭귄

투어업체 City Sightseeing Cape Town

투 어 명 Cape Point & Penguin Explorer Tour

경   비 보울더스 비치 입장료 170랜드(투어비와 별도로 지불)

홈페이지 www.citysightseeing.co.za/en/cape-town

테이블마운틴 국립공원 www.sanparks.org/parks/table_mountain

우리나라에선 Johannesburg를 왜 '조하네스버그'가 아니고 '요하네스버그'라고 할까?

Johannesburg를 '조하네스버그'라고 발음해야 할 것 같은데 뉴스, 신문에서도 '요하네스버그'라고 표기해서 의문이 생긴다. 심지어 네이버 검색을 하면 '요하네스버그' 기사를 찾아준다.

실제로 남아공 사람들은 Johannesburg를 '조하네스버그'라고 말하고, 줄여서 조벅Joburg이라 한다. 우리나라에서처럼 '요하네스버그'라고 발음하면서 줄여서는 '조벅'이라고 하면 뭔가 좀 이상해 보이지 않나?

시티 프리워킹투어 중 조하네스버그에서 온 말로카Maloka는 조하네스버그 사람들이 '조하네스버그', '조벅'이라 부른다고 명확히 답했다.

원래 네덜란드식 발음에서는 '요하네스버그'가 맞다. 하지만 100여 년 전 영국이 남아공을 지배하면서부터는 영어를 사용해왔기 때문에 조하네스버그, 조벅으로 발음하고 있는 것이 아닐까? '요하네스버그'라는 발음은 줄임말 '조벅'과 비교하면 일관성도 없다.

참고로, 우리나라에서 광범위하게 사용하는 미국식 영어와 달리 남아공은 영국식 영어를 사용하기 때문에 우리가 흔히 사용하는 센터Center는 Centre로 적는다. 그래서 케이프타운의 시민회관 시빅센터는 'Civic Centre'로 표기한다. 발음 역시 미국의 매끄러운 타입이 아니라 알파벳 그대로 발음하고, 'R' 발음을 별로 안 하는 편이라서 투박하게 들린다.

또 한 가지, 우리식으로 건물 1층은 케이프타운에서 0층Ground Floor이고, 우리의 2
층이 여기서 1층이 된다. 예를 들어, 1층에서 2층 가려고 엘리베이터를 타면 1
자 버튼을 눌러야 한다. 엘리베이터 탈 때 참고!

테이블마운틴 다녀오기 참 어려워

버스를 잘 못 탔네!

씨 티사잇싱버스 티켓을 사서 제일 먼저 가려고 했던 곳이 테이블마운틴^{Table Mountain}.

산 정상에 구름이 자주 낀다는 이야기가 있고, 구름이 있으면 산 정상에서 제대로 된 경치를 감상할 수 없으니 내 딴에는 구름이 없는 시간에 가는 것이 좋겠다는 계획을 세웠다. 오후보다 오전이 날씨가 좋을 것 같다는 생각에 첫 버스로 테이블마운틴에

가려고 했다. 심지어 일기예보에서도 오전엔 맑음인데 오후 2시부터는
비가 온다고 한다.

　아침 첫차가 롱 스트릿 사무소에서 8시 50분에 있어 이 버스를 타려고
서둘러 나갔다. 제시간에 버스가 오지 않아 한참을 기다렸다가 빨간색 씨
티사잇싱버스가 도착하자마자 서둘러 타고 2층으로 올라갔다.
　'씨티사잇싱버스는 무조건 2층에 타야 제맛이지!'
　10년 만에 투어버스를 타니 옛 생각이 절로 난다. 그런 감회도 잠시,
버스가 출발하고 나서 뭔가 잘못된 것을 알아차렸다.
　'버스 루트가 이쪽이 아닌데…….'
　롱 스트릿을 지나 우회전해서 테이블마운틴과 라이온스헤드^{Lions Head} 사
이로 넘어가야 하는데 예상과 다르게 반대편 서쪽으로 간다.

씨티사잇싱버스는 현재 2개의 노선, Red City Tour와 Mini Penin-sula Tour 두 개가 있는데 실제로는 레드라인^{Red Line}, 블루라인^{Blue Line}으로 부른다. 두 개의 라인이 모두 V&A 워터프론트의 아쿠아리움 앞에서 출발해 롱 스트릿을 지난 후 서로 갈라진다. 레드라인이 테이블마운틴과 캠스베이를 시계방향으로 도는 데 반해 블루라인은 커스텐보쉬^{Kirstenbosch}와 하우트베이^{Hout Bay}, 캠스베이^{Camps Bay} 등 좀 더 크게 돈다.

내가 급하게 탄 버스의 색깔이 빨간색이라서 당연히 '레드라인'일 것이라 생각하고 탔던 것이었는데, 알고 보니 버스의 외부 모양은 노선과 관계없이 모두 동일한 빨간색이었고, 버스 앞 유리창과 옆 유리창에 LED로 레드라인인지 블루라인인지를 표시해놓고 있었다.

다음 정류장에서 내릴까를 고민도 했는데, 오늘이 여행 둘째 날인데다 도착 첫날 제일 먼저 만난 사람이 'dangerous'라는 단어를 그것도 시내 한복판인 시민회관^{Civic Centre} 앞을 두고 얘기한 것도 있고, 그 뒤 두 시간 후 햄버거 가게에서 햄버거를 주문해놓고 기다리고 있을 때 외부에서 불쑥 들어온 청년이 배고프다며 끈질기게 돈을 달라고 하는 경험도 했으며 여행 전부터 케이프타운이 위험하다고 이야기를 많이 들었던 터라 대낮이지만 길거리를 혼자 걷는 것에 부담이 있어 다음 정거장에서 내리는 것은 포기하고 여행 일정을 수정했다.

결국 블루라인으로 케이프타운 근교까지 한 바퀴 돌고 V&A 워터프론트에서 점심을 먹은 후 숙소에 들어왔다.

로벤섬

시그널힐

V&A 워터프론트

시청

캐슬오브굿호프

컴퍼니스가든

테이블마운틴에서 본 케이프타운 CITY BOWL

오후 2시부터 비가 온다는 일기예보가 있었고, 창문 너머로 테이블마운틴 꼭대기와 라이온스헤드에 먹구름이 넓게 형성되어 산이 하나도 보이지 않아 꼭 비가 올 것 같은 모양새이다.

이것이 인터넷에서 보던, 하루에도 수십 번씩 날씨가 바뀌어 테이블마운틴에 올라가지 못한 채 케이프타운을 떠나는 여행자들도 있다더니 바로 이런 상황인 것 같다는 생각이 든다. 속상한 것은, 버스표 구입할 때 같이 결제한 케이블카의 탑승 유효기간이 오늘 하루였는데 날씨 때문에 그냥 날려야 한다는 것이었다.

숙소에서 잠시 휴식을 취한 후, V&A 워터프론트 구경이나 다시 하려

고 숙소에서 나와 버스를 타기 위해 롱 스트릿을 걸었다. 별생각 없이 뒤돌아 테이블마운틴을 보니 먹구름이 흰 구름으로 자꾸만 변해간다. 결국 버스를 포기하고 씨티사잇싱버스 탑승장으로 갔다. 비를 맞거나 비 때문에 케이블카가 운행을 하지 않더라도 다시 도전해보기로 하고 씨티사잇싱버스에 올랐다. 이미 욕심을 내려 놓은 지는 오래였고, 케이블카 운행이 안 되면 그냥 버스나 주구장창 타자는 심산이었다.

버스가 테이블마운틴에 가까워질수록 산에 걸렸던 구름이 점점 더 하얘지고 적어져서 이젠 비가 전혀 내릴 것 같지 않은 상태까지 되었다. 하늘이 파랗게 변해 경치가 좋은 건 물론이다.

케이블카 타고 정상으로 고고!

케이블카 탑승장에 다다르니 흰 구름이 아직도 남아 있기는 하지만 날씨가 꽤 화창해졌다. 산 아래 케이프타운 시내의 모습도, 라이온스헤드와 시그널힐의 모습도 환하게 잘 보인다.

사람들은 대부분 케이블카 티켓을 사기 위해 매표소로 향했지만 난 이미 구입을 해놓았기 때문에 나 홀로 엘리베이터를 타고 5층으로 직진했다

테이블마운틴에 케이블카가 1929년부터 운영했으니 생긴 지는 100여 년이 다 되어간다. 한 시간에 800명을 이동시킨다는 케이블카는 그동안 정말 많은 사람이 이용했을 테니 경제적인 효과도 엄청났을 것 같다.

케이블카

케이블카 역

날씨가 변덕스러워서 그런지, 비수기라 그런지 탑승객은 많지 않다. 65명 정원의 케이블카에는 10여 명밖에 타지 않아 아주 쾌적한 상태이다. 내부에 직원이 타고 있어 뭔가 조작을 하면서 설명도 해준다. 안타깝게도 까막귀라서 뭐라는지 이해를 못 하는 것이 아쉽다.

신박하게도 케이블카 본체는 움직이지 않는데 바닥이 돌아간다. 좋은 자리 차지하려고 싸울 필요가 없다. 바닥이 돌아가는 케이블카 한 자리에서 360도 전체를 바라볼 수 있으니 정말 좋다.

산 아래 케이프타운 시내 전체와 대서양이 한눈에 들어온다. 넬슨 만델라 전 대통령이 27년의 투옥 생활 중 1964년부터 1982년까지 18년간 갇혀 있었던 로벤섬^{Robben Island}도 보인다. 로벤섬은 딱히 흥미를 끌지 않아 이번 여행 일정에는 들어 있지 않다.

케이프타운이 남아공의 대표적인 도시이기는 한 것 같은데 다운타운은 별로 커 보이지 않는다. 안전 문제만 없으면 걷거나 자전거를 타고 느린 여행을 하며 찬찬히 도시를 감상하고픈 마음이 가득한데 그렇지 못하는 것이 안타깝다.

큰 건물은 시청 근처에서 워터프론트 주변에 집중되어 있고 그 외 지역은 모두 올망졸망한 건물들이다. 가까이서 보면 이국적이고 예쁜 주택들이 많이 있지만 멀리서 보는 풍경에서는 특별한 매력을 찾기가 힘들어 보인다. 하지만 도시 바로 뒤 1,000미터 높이의 산에서 바라보는 도시와 바다, 하늘, 산 등이 조화를 이뤄 아름답다는 느낌이 든다.

케이블카가 안개, 아니 구름을 뚫고 산 정상을 향해 올라가는 것도 특별한 경험이다. 구름이 서서히 몰려오다 케이블카 앞에서는 갑자기 순식간에 몰려오기도 하고, 달아나기도 한다.

테이블마운틴 옆 데블스피크^{Devil's Peak}에 특히 구름이 자주 지나가다 걸친다. 갑자기 손오공이 떠오른다, 뜬금없이……

케이블카는 5분밖에 지나지 않아 정상에 도착했다.

정상 역에서 나오니 돌벽과 사암, 화강암 바위가 맞아준다. 돌벽에는 오디오 투어가 여기서부터 시작됨을, 카페와 기념품점, 화장실이 전방에 있음을 안내한다.

안내판을 따라 앞으로 갈 수도 있지만 일단 한쪽으로 돌기로 작정하고 왼쪽으로 발걸음을 돌려 데블스피크 쪽으로 향했다. 케이블카 안에서 유리창 너머로 보던 모습과는 또 다른 느낌이 든다.

산 밑에서 산을 타고 올라가던 구름이 산 정상에 이르러서는 순식간에 빠르게 지나가는 것이 장관이다. 하늘 위의 구름이 참 느리다고 생각했는데, 바로 옆 산꼭대기를 지나가는 구름은 정말 순식간에 이동해서 깜짝 놀란다. 산보다 구름을 구경하는 것이 더 재미있다. 들판 같이 평평한 산 정상의 끄트머리 너머에 구름이 갑자기 하늘로 솟구치기도 한다.

바람이 엄청 세게 분다. 게다가 춥기까지 하다. 플리스 점퍼를 입고 있지만 추위를 이기기가 힘들어 몸이 자꾸 떨리지만 이런 멋진 곳에서 추위에 질 수 없는지라 꾹 참고 산책로를 걷는다.

산 이름에 '테이블'이 들어간 것처럼 테이블마운틴은 우리나라의 뾰족한 산과 달리 탁자 테이블처럼 평편해서 이름이 테이블마운틴이라고 붙여졌다. 게다가 산에 자주 구름이 걸치는데 그런 모습을 '테이블에 식탁보가 덮였다.'라는 표현을 한다고 한다. 누가 지었는지 작명도, 표현도 참 잘했다는 생각이 든다.

동쪽 절벽에 다다르니 멋진 해변도 보이고, 테이블마운틴이 '새로운 세계 7대 자연경관'으로 선정되었다는 동판 기념비가 절벽 앞에 세워져 있다. 새로운 7대 자연경관에 관한 내용은 아래 역 건물의 벽에도 큼지막하게 인쇄되어 있었는데, 그 7대 자연경관에는 우리나라의 제주도도 들어 있다. 테이블마운

틴 리플렛 표지에도 7대 자연경관의 7개 지역이 인쇄되어 있다.

2011년 '세계 7대 자연경관이 사기다, 아니다.'란 논쟁이 한동안 있었던 것이 기억 난다. '제주도'란 이름을 남아공에서 보게 될 줄은 몰랐는데 지구 반대편에서 접하는 우리나라의 지명이 반갑다.

엄청난 바람과 낮은 기온에 추위를 느껴 산책을 오래 하고 싶은 마음은 없다. 시계방향으로 작게 한 바퀴를 돌며 세계 7대 자연경관 기념비를 본 후 뒤돌아 돌벽으로 만들어진 멋진 모양의 기념품점과 카페에 들렀다. 기념품점에는 흥미를 끄는 예쁜 컵과 동물 조각상들이 있었지만 맨손으로 나왔다 보니 갖고 다니기가 불편할 것 같고, 시내에도 동일한 제품들이 있을 것 같아 일단 구입을 포기했다.

바로 옆의 카페에 가서 추위도 달랠 겸 커피 한 잔과 작은 버터 과자 하나를 구입했다. 이 독특한 형태의 산, 전 세계에서 많은 사람이 찾는 그 유명한 산 정상에서 파는 커피는 도대체 얼마를 받을까? 게다가 이 카페는 산 정상에 하나밖에 없는 독과점 카페이다.

'와, 놀랍다. 아메리카노 26.50랜드, 버터 과자는 10랜드로 총 36.50

랜드밖에 안 된다. 한화로는 3,000원 정도.'

식당 안에도 사람은 많지 않다. 테이블에 앉아 잠시 몸도 녹이고 배도 채우며 다음 일정을 생각해보고, 카페에서 제공하는 와이파이를 연결해 인터넷도 들여다본다.

아이폰의 나침반도 켜본다. 고도 1,060m라고 표시해주는데 리플렛에는 1,085m라고 하니 진짜

1천 미터가 넘는 걸 내 눈으로 팩트 체크한 셈이다.

사실 '1천 미터가 넘는 산이 멀리 있는 것도 아니고 도시 바로 뒤에 있으면 얼마나 거대하게 느껴질까?' 하는 상상을 여행 전에 많이 했다. 도시의 건물은 낮고 산은 높은데 가까이 있다 보니 도시 어디에서도 볼 수 있는 확실한 랜드마크이다. 하지만 생각했던 것만큼 거대하게 느껴지지 않아 약간 실망도 했다. 게다가 '실제로 1천 미터가 넘을까? 그다지 높아 보이지 않는데!' 하는 생각마저 들었다.

하지만 우리 동네에 있는 300미터 산에도 구름이 걸리는 판에 1천 미터 산에 걸리는 구름은 규모나 횟수에서 차원이 달랐다. 시시각각 변화무쌍하게 변하는 구름이 있어 테이블마운틴을 더 유명하게 만든 것이 아닌가 싶다.

아뿔싸, 버스카드가 바뀌었네!

케이블카를 타고 다시 아래로 내려오며 고민을 했다. 다시 씨티사잇싱버스를 타고 숙소에 돌아가면 되는데 그렇게 되면 1시간 30분이나 걸린다. 이곳이 네 번째 정류장이라서 바닷가를 돌아 시작이자 종점인 아쿠아리움까지 가야하고, 거기서 다시 버스를 갈아타고 숙소로 와야 하기 때문이다. 시내버스 앱을 보니 산 중턱에 106, 107번 버스가 시내와 퀸스베이를 운행한다. 버스는 자주 있는 편이고, 씨티사잇싱버스와는 반대 방향으로 가는 버스를 타고 10분만에 롱 스트릿에 도착할 수 있다.

결론은, '시내버스를 타자!'였다. 그러기 위해 1km 정도를 걸어 산 중 턱의 버스 정류장까지 내려가야 한다. 그래봤자 10분이면 되니 많이 걷 는 것도 아니다. 평상시에도 5km 정도를 운동 삼아 걷는 데다 언덕길을 내려가며 경치를 구경하는 것도 좋겠다는 생각을 했다. 치안 문제는, '나 쁜 사람이 설마 산에까지 와서 강도질을 하지는 않겠지'하는 심정이었지 만 그래도 걱정이 되기는 해서 버스 정류장까지 내려가며 계속 긴장했다.

라이온스헤드에 시커먼 먹구름이 걸려 사라지질 않는다. 신기하게 왜 그곳에만 구름이 걸려 있는지 이해가 되지 않는다. 꽃이 죽어 말랐지만, 꽃 형태 그대로 간직하고 색깔만 탈색된 것도 예쁘고 신기하다.

내려오며 주머니를 뒤져 버스카드를 찾아보니 카드가 바뀌었다. 집에 서 나올 때 마이시티카드^{MyCiTi}를 갖고 나왔다고 생각했는데 더 이상 사용

구름 낀 라이온스헤드

할 수 없는 공항버스카드를 갖고 나온 것을 이제서야 발견했다. 그래도 크게 걱정하지 않는다. 버스카드는 없지만, 현금이 있으니까.

드디어 10여 분을 내려와 버스정류장 Kloof Nek에 거의 도착하기 직전에 전 직장의 동료한테서 왓츠앱^{WhatsApp}으로 전화가 온다. 반갑게 통화를 하고 있는데 107번 버스가 오고 있어 전화를 끊고 버스에 탔다. 현금을 내어주며 요금을 물으니 기사는 단호한 목소리로 버스카드가 아니면 못 탄다고 한다.

'아, 멘붕~!'

기사와 실랑이를 해봤자 답이 나올 것 같지 않아 일단 버스에서 내렸다. 평소 같으면, 3km 정도밖에 안 되는 거리라서 걸어도 30~40분 정도밖에 걸리지 않기 때문에 당연히, 별 고민도 없이 숙소까지 걸어갔을 것이다. 하지만 여긴 케이프타운이잖아, 그 위험하다는⋯⋯.

버스는 틀렸고, 택시는 케이프타운에 와서 한 번도 본 적이 없는 데다 이런 산길에 있을 리 만무하다. 히치하이킹은 태워줄 사람도 없을 뿐만 아니라 설사 태워준다고 해도 '날 잡아 잡수' 하는 꼴이라서 내가 싫다.

일정 변경을 위해 휴대폰을 들여다보니 끊었다고 생각했던 동료와의 통화가 아직 끊기지 않았다. 내가 버스 기사와 어리버리 이야기를 나누고 탑승 거절 당한 상황을 동료가 다 들었을 것을 생각하니 창피하고 얼굴이 붉어짐을 느꼈지만 모른 체하고 다시 통화를 이어갔다. 하지만 이미 멘붕에 빠져있어 대화에 집중 하지 못하고 횡설수설 하고 있는 나를 느낀다.

테이블마운틴 케이블카 역

무슨 소리를 하고 있는지도 모르는 전화를 끊고 씨티사잇싱버스 운행 시간을 보니 좀 전에 내려왔던 케이블카 역에서 막차가 5시 20분에 있다. 지금 시간은 5시. 20분 안에 걸어서 올라가면 된다 생각하고 걷기 시작한다. 이 상황에 버스가 케이프타운 외곽을 돌고 돌아 2시간 후에 집에 도착할 수 있다고 해도 안전하게 갈 수만 있다면 그렇게 해야 하는 게 맞는다고 판단했다.

내려올 때는 하늘을 나는 것처럼 쉽고 빨랐는데 오르막길을 걸으니 힘들다. 더군다나 정해진 시간까지 도착해야 한다는 강박관념이 생겨서인지 다리에 힘이 더 들어가고 발걸음이 무겁다.

버스정류장에서 테이블마운틴으로 50여 미터 올라가고 있는데 승합차가 옆에 차를 멈추더니 도움이 필요한지 묻는다. 30대 초반의 친절하게 생긴 얼굴로 웃으며 말하는 것이 100%는 아니지만 믿을만해 보인다. 난 현금은 있지만 버스카드가 없는 이유로 시내버스를 탈 수 없어 표를 갖고 있는 씨티사잇싱버스를 타기 위해 다시 케이블카 역으로 올라가는 중이라고 말했다. 청년은 자신의 이름이 Garth이고 테이블마운틴에서 가이드로 일하는 직원이라고 하며 차에 타라고 한다. 그는 업무가 5시 30분에 끝나는데 그때 자기 차로 시내까지 데려다 주겠다고 한다. 케이블카 역에 다다르니 마지막 씨티사잇싱버스가 출발시간을 기다리고 있다.

'아, 고민이다~. 누군지도 모르는 사람의 차를 타야 할 것인가, 기다리겠다고 약속까지 해놓고 그냥 버스를 탈 것인가?' 고민이 많이 된다.

'다른 도시라면 이런 걱정 별로 하지 않는데 여긴 케이프타운이잖아!'

잘못하면 멍텅구리 배에 끌려가서 죽을 때까지 대서양 멸치 잡는 어부 신세로 살아야 할지도 모른다. 그래도 사람 좋아 보이는 Garth를 그냥 믿어보기로 하고 기다린다.

주변에 삼삼오오 모여 차를 기다리던 사람들이 계속해서 자가용과 승합차로 떠나고, 씨티사잇싱버스도 이제 떠나고 없다. 5시 30분경이 되니 주위도 어두워진다. 멀리 케이프타운 시내는 건물과 가로등에 불이 켜지고 자동차 불빛도 야경을 만드는 데 일조한다. 평소 좋아하는 야경이지만 내 관심사와 신경은 온통 집까지 안전하게 가는 방법에만 촉각이 곤두서 있다. 주차장에 자동차도 별로 보이지 않게 되자 약속이고 뭐고 다 집어 치우고 그냥 버스를 탔어야 했나 하는 생각이 들며 조금 더 걱정된다.

5시 40분경이 되어서야 Garth가 나타나고 함께 그의 차에 올라탔다.

그런데……, 이건 또 무슨 시츄에이션인가?

시동이 걸리지 않는다. 이런 식으로 작업을 한 후 패거리들을 데려와 순식간에 나를 잡아다 강도질하거나 새우잡이 배에 태우면 어쩌나 하는 걱정이 물밀듯이 밀려온다. 이 친구가 조금이라도 수상한 짓을 하면 곧바로 대응할 수 있도록 마음의 준비를 단단히 한다.

다만 그나마 조금 안심했던 건 그가 여기 직원이었다는 것과 다른 직원들과 친근하게 대화하는 걸 봤다는 것이다. 연고가 없는 경우에는 나쁜 짓을 할 수 있지만 많은 사람과 안면이 있는 사람이 나쁜 짓을 할 가능성은 훨씬 낮다고 생각하기 때문이다.

그는 2분만 기다리라고 말한 후 케이블카 역 주변까지 가서 곧 다른 자동차 한 대를 끌고 온다. 점프 선으로 두 대의 자동차 배터리를 연결하고 시동을 다시 걸자 경쾌하게 시동이 걸리고 드디어 출발할 수 있게 되었다. 동시에 나도 긴장을 풀고 안심할 수 있었다.

차 안에서 그는 자기가 가이드도 한다며 WhatsApp에 자기 번호를 추가하라고 했다. 그러면서 혹시 필요한 것이 있으면 자기가 도와줄 테니 언제라도 연락하라고 한다.

'그래, 이 친구는 착한 친구였어!'

번호를 추가했고 나중에 Garth를 통해 투어를 해도 좋겠다는 생각을 했다. 그리고 좋지 않은 상황에서 친절하게 도움의 손길을 내밀어준 Garth를 온전히 믿어주지 않고 표시는 잘 안 났겠지만 의심 가득한 시선으로 그를 바라봤던 것이 무척 미안했다. 게다가 여행 중 한 번 정도는 그를 다시 만나 맥주라도 같이 한 잔 하면서 이야기도 나누고 그를 통해 투어 예약도 했었어야 했는데 그렇게 하지 못한 미안함도 크다. 앞이 캄캄한 상황에서 그의 친절한 도움은 시간이 지나도 잊혀지지 않는다.

숙소 근처에 다다르며 보캅Bo-Kaap을 혼자 다니는 것이 위험한지 물었다. 그는 '여행자로 보이면 위험하다.'라면서 절대 혼자 가지 말라고 당부한다. 보캅이 숙소에서 바로 옆 블록이라 혼자 자유롭게 가보려고 했는데 그와 숙소 경비들의 똑같은 대답에 개인 여행을 포기하고 그냥 프리워킹 투어를 해야겠다고 생각을 바꾸었다.

숙소 바로 앞 롱 스트릿에 내려 집으로 돌아오니 6시가 되었다. 아침부터 일정이 꼬이고 황당한 상황에 부닥치는, 참 우여곡절 많은 하루였지만 친절하고 좋은 사람을 만나 하루를 잘 마무리할 수 있었다.

다만 낯선 여행지에서 안전이 가장 우선 되어야 하므로 자유여행을 하는 경우 플랜B까지 세워 막다른 상황에 처하지 않도록 하여야겠다.

테이블마운틴

테이블마운틴 가는 방법

우버^{Uber} **또는 볼트**^{Bolt} 가장 편리하고 권장하는 교통수단. 앱을 실행하고 출발지와 목적지를 설정한 후 앱에서 본 자동차의 넘버를 확인하고 탑승, 케이블카 역 앞에서 하차. 케이블카에서 아쿠아리움까지 60랜드(5,000원) 정도이며, 우리나라에서 우버 앱을 미리 설치하고 가서 이용하면 편리함

씨티사잇싱버스^{City Sightseeing} 탑승 티켓을 구입한 경우 레드라인을 이용하면 케이블카 역 앞에서 하차하므로 편리함. 다만 테이블마운틴에서 시내로 돌아올 때 곧바로 시내로 오는 것이 아니라 캠스베이와 씨포인트, V&A 워터프론트 등을 거쳐 시계방향으로 운행하기 때문에 숙소가 롱 스트릿에 있다면 10분이면 될 거리를 1시간 30분 넘게 걸리는 것이 단점

버스^{MyCiTi} Civic Centre와 Adderley를 지나 Camps Bay까지 갔다가 테이블마운틴 1km 아래에 있는 Kloof Nek을 거쳐 다시 시내로 돌아가는 106, 107번 버스를 이용할 수 있음. Kloof Nek 정거장에서 내려 케이블카 역까지 1km 거리를 등산하듯 걸어 올라가야 하기 때문에 신체적으로 어려울 수 있고 위험에 노출될 수 있어 추천하지 않음

케이블카 탑승료(왕복 기준) 08:00~13:00, 390랜드, 13:00~종료 320랜드. 시간에 따라 다르며 편도로도 구입을 할 수 있고, 인터넷으로 예약하거나 씨티사잇싱버스 내에서 티켓을 구입하는 경우, 케이블카 매표소에서 줄을 서서 티켓 구

입하는 시간을 절약할 수 있음

홈페이지 www.tablemountain.net

테이블마운틴에서 내려가는 씨티사잇싱버스

케이프타운의 핫플, V&A 워터프론트

V&A 워터프론트Victoria & Alfred Waterfront는 한 마디로 아프리카 같지 않은 아프리카이다. 건물 외형, 바다 풍경, 경치와 사람이 만들어 내는 바이브가 런던의 코번트가든Covent Garden이나 시드니의 오페라하우스Opera House, 서큘러키Circular Quay, 그리고 달링하버Darling Harbour에서 느낄 수 있는 것과 비슷하다. 그 때문에 이곳에 온 지 10분도 지나지 않아 내가 아프리카가 아니라 유럽이나 호주의 어느 도시에 있는 것처럼 긴장감이 사라지고 평온함이 밀려온다.

대관람차를 비롯해 고급 호텔과 명품 쇼핑몰, 아쿠아리움, 레스토랑과 푸트마켓, 마리나와 관광 크루즈 제티, 캐널크루즈, 하버크루즈, 클락타워, 로벤섬으로 가는 부두, 노벨평화상을 받은 네 명의 동상, 기념품점, OZCF마켓, 씨티사잇싱버스 사무소, 거리공연 등 다양한 놀거리, 먹거리, 볼거리가 가득하다. 케이프타운의 핫 플레이스이다 보니 치안 문제도 다른 지역에 비해 안전하다는 느낌이 든다.

이 모든 것을 다 경험하려면 2~3일은 걸리지 않을까 싶다. 하지만 꼭 무언가를 하려고 할 필요가 없다. 때론 거리 공연가 앞에 앉아 공연을 보거나 노래를 들으며 같이 즐기고 멍 때리는 것도 여행으로 지친 심신을 이완시켜주는 아주 좋은 여행의 순기능이다.

아기자기한 대관람차 케이프휠The Cape Wheel

씨티사잇싱버스 블루라인이 서쪽의 비치들을 지나 V&A Waterfront

에 가까워지니 대관람차 케이프 휠이 제일 먼저 반겨준다. 비행기 타기 며칠 전 우연히 읽은 뉴스 기사가 생각난다. 이 케이프 휠은 내가 케이프타운에 도착한

3일 후에 운영을 중단하고 근처의 다른 곳으로 이전할 것이라는 기사였다.

평소 대관람차는 너무 심심해서 관심이 없다. 게다가 가장 높다는 런던의 런던아이London Eye와 또 가장 높게 새로 만들어진 싱가폴의 싱가폴 플라이어Singapore Flyer를 타 본 경험이 있어 이렇게 아기자기한 대관람차는 애당초 여행 일정에 들어있지 않았다. 하지만 모레까지만 운영하고 당분간 영업하지 않는다고 하니 괜히 기념이다 싶어 즉흥적으로 타야겠다는 생각이 든다.

대관람차 매표소의 바로 옆에 운영시간과 요금표가 있다. 월요일부터 목요일까지는 정오부터 저녁 9시까지, 금요일부터 일요일까지는 오전 10시부터 오후 10시 30분까지로 요일별로 운영시간이 다르다.

요금표의 요금 중 맨 위에 있는 성인Adults 요금이 160랜드. 160랜드를 주머니에서 미리 꺼내 준비하고 있

었는데 계산하기 직전 요금표를 다시 보고 깜짝 놀랐다. 성인 요금 다음에 있는 '18세 이상 남아공 사람SA residents 18 years+'를 못 봤다. 바로 아래 성

인 외국인^{Adults(Non SA residents 18 years+}에 대한 요금이 220랜드라고 적혀있다.

2~3년 전, 태국을 여행했던 어떤 여행자들이 내국인과 외국인 요금이 다르다며 태국을 대상으로 엄청난 비난을 하던 뉴스가 떠오른다. 난 그런 요금 정책이 잘 못 되었다고 생각하는 편은 아니다. 우리나라도 내국인의 거주 지역에 따라 지역주민 요금과 타 지역민의 요금이 다른 경우도 많다. 외국인 요금에 대한 부분은 관광 수입에 직결되기 때문에 국가 정책 사항일 수도 있다. 심지어 미얀마는 대부분의 불교사원 입장료가 외국인에게서만 부과되고 내국인에게는 무료이다.

220랜드는 한화로 18,000원 정도이고 런던아이는 4만 6천 원, 싱가폴 플라이어는 3만 원 정도이니 다른 나라의 대관람차에 비하면 훨씬 저렴하다.

그나저나 이틀 후에 운행 정지한다고 뉴스에까지 났는데 정작 매표소 앞에는 이에 대한 정보를 전혀 찾아볼 수 없어 내가 뉴스를 잘 못 본 것이 아닌가 생각해보았지만 며칠 후 다시 갔을 때는 관람차^{Cabin}가 모두 사라지고 뼈대만 남은 것을 발견했다.

케이프휠은 2008년 제작된 높이 40미터, 30개의 캐빈으로 되어 있다. 천천히 돌아가고 높이 올라가는 것도 아니지만 공중에서 보는 케이프타운의 경치는 아름답고 이걸 감상하는 것은 생각보다 즐거웠다. 손님이 많지 않아 최소 여섯 명이 탈 수 있는 캐빈에 혼자 타니 여유가 있어 좋기는 한데 왠지 흥이 나지 않고 약간 쓸쓸하고 처량한 느낌도 든다. 이렇게 멋진 기구를 타고 이런 아름다운 풍경을 사랑하는 사람들과 함께하지 못한다는 것에 대해 아쉬움이 컸다.

워터프론트 자체가 워낙 아름다운 장소이기도 한데다 케이프타운의 건물들이 CBD를 제외하고는 대체로 키가 크지 않아 위압적이지 않고 고만고만한 것들이라서 그런지 평화로운 느낌을 준다. 데블스피크에서 테이블마운틴, 라이온스헤드, 시그널힐까지 이어지는 산 자체와 스카이라인도 예쁘고, 파란 하늘과 푸른 대서양의 반짝이는 바다도 시원함과 무한한 청량감을 느끼게 한다. 케이프휠이 너무 높이 올라가지 않아서 도시 풍경을 더 예쁘게 감상할 수 있는 건지도 모르겠다.

캐빈 천장에는 신기하게 에어컨이 나온다. 캐빈에 타기 직전, 직원이 이야기해 준 것이 기억난다. 더우면 에어컨을 켜고 혹시 도움이 필요하면 '헬프Help' 버튼을 누르라는.

'대관람차에 에어컨이라니…….' 내가 잘 못 이해했다고 생각했는데 캐빈에 타보니 천장에 에어컨 송풍구와 헬프 버튼이 있다.

'추워 죽겠는데 에어컨은 무슨…….'

대관람차가 돌아가기 시작했고, 이게 아무리 천천히 돌아도 한 바퀴 돌고 내려오면 너무 아쉽겠다는 생각했다. 그런데 멈추지를 않는다. 다섯 번째를 돌 때는 그만 내리고 싶다는 생각이 든다. 결국 15분간 여섯 번을 돌고 나서야 내릴 수 있었다.

타기 전에 도는 횟수를 알았다면 좀 더 찬찬히, 구석구석, 자세하게 살펴볼 수 있었을 텐데 하는 아쉬움이 남기도 한다. 사실 휴대폰 배터리가 10% 미만이어서 빨리 집에 돌아갈 생각으로 꽉 차 있으니 많이 태워주는 것도 고맙지 않았다.

쇼핑도 V&A Waterfront!

루이비통, 구찌 같은 전 세계적인 명품에서 남아공 전통적인 제품에까지 취향에 맞춰 쇼핑을 할 수 있다. 건물이 여러 군데 나뉘어 있고, 빅토리아 워프Victoria Wharf 같은 경우 2층으로 낮지만, 건물이 넓게 퍼져있어 오랫동안 걸어야 한다. 이곳엔 주로 루이비통, 구찌, 버버리, 코치, 샤넬, 폴로, 태그호이어, 보스, 리바이스, 게스 등 명품 가게들이 즐비하고, 처음 보는 아프리카 토종 브랜드도 많다.

워터셰드Watershed는 엄밀히 말하면 2층짜리 건물이고, 조립식 창고 같은 형태이다. 현지인이 제작한 의류, 뜨개인형, 목가공품 등을 판매하며

워터셰드

건물 한쪽엔 회의실 등으로 사용 가능한 Work-shop 공간을 갖고 있다. 건물 외부와 내부 등 많은 부분에 샛노란색 페인트를 칠해 놓아 눈에 상당히 잘 띄고 독창적이며 인상적이다.

클락타워 맞은편의 아프리칸 트레이딩 포트African Trading Port에서는 기념

CLOCK TOWER in V&A WATERFRONT

품을 판매한다. 기념품은 대부분 수공으로 제작한 것들이고, 돌로 깎은 후 원색으로 칠해 놓은 코뿔소, 코끼리, 거북이, 하마, 사람 두상, 목각제품, 가면 등 다양한 제품들이 있다.

롱 스트릿 근처의 그린마켓Green Market에서도 여기에서 파는 것과 똑같은 돌로 만든 동물 제품이 있는데 오히려 이곳의 가격이 더 저렴하다. 심지어 그린마켓에서 깎더라도 이곳 금액을 따라가지 못한다. 사장과 실랑이

기념품점 African Trading Port

하는 것을 즐길 수 있다면 그린마켓에서 현지인과 흥정하면서 구입하는 것도 재미있을 것 같지만 그렇지 않다면 워터프론트에서 쇼핑하는 것이 속 편하다.

저렴하고 간단한 음식은 V&A Food Market, 멋진 분위기의 고급 식당은 빅토리아워프

V&A 푸드마켓은 워터셰드와 노벨스퀘어Nobel Square 사이에 바다를 접해있다. 2층으로 구성된 건물은 가게가 대부분 1층에 몰려 있다. 2층은

중앙이 뚫려 있고 빙 둘러 벽 주변에만 소수의 가게가 배치되어 있다. 내

V&A Food Market

부는 바와 커피숍, 주스, 티, 스시, 베트남식, 태국식, 와플, 피시앤칩스, 피자 등 40여 개의 다양한 가게가 각자 음식을 판매한다.

1층은 식탁이 많지 않아 음식을 주문한 뒤 밖으로 나가 바로 앞 노벨스퀘어의 테이블에 앉아 거리 공연가의 공연을 감상하며 음식을 먹으면 좋다. 야외에서 식사할 때는 바로 길 건너가 바다이기 때문에 갈매기의 습격을 받을 수 있어 조심해야 한다.

분식집 또는 거리 음식점을 실내로 그대로 옮겨 놓은 것 같은 느낌이지만 다양한 음식을 취향에 맞게 선택해서 먹을 수 있고, 시간을 많이 빼앗기지 않고 합리적인 가격에 먹을 수 있는 것도 장점이다.

힙한 곳에 왔으니 식사도 분위기 있는 곳에서 하고 싶다면 빅토리아 워프로 가면 된다. 빅토리아 워프가 메인은 쇼핑센터이지만 바닷가에 접한 부분, 즉 케이프휠부터 바닷가를 따라 테이블베이호텔The Table Bay Hotel에 이르는 쇼핑센터의 바깥부분에는 다양한 종류의 고급 식당들이 있다.

밖에서 대충 훑어봐도 근사하고 고급스러워 보이는 인테리어에 음식

도 맛있을 것 같다는 생각이 절로 든다.

노벨스퀘어^{Nobel Square}

2005년 12월에 오픈한 노벨스퀘어는 1960년 앨버트 존 루툴리부터 1993년 넬슨 만델라까지 4명의 남아공 노벨평화상 수상자를 기리는 장소이다. 실제 인물보다 약간 큰 동상들은 딱 보면 뭔가 좀 이상해 보인다. 찬찬히 들여다보니 키는 큰데 옆으로도 크고 특히 머리가 많이 크다. 실제 키와 덩치에 맞춰 동상을 제작하였다면 너무 사실적이라서 재미없었을 텐데 이렇게 살짝 왜곡해서 만들어 놓아서 그런지 친근해 보인다.

테이블마운틴과 바다를 등지고 일렬로 배열되어 있으며, 스퀘어^{Square}라고 부르기엔 민망할 정도로 작은 규모이지만 화강암 바닥 양옆으로 등받이 없는 나무 벤치와 나무 그늘이 있어 V&A 푸드마켓에서 구입한 음식을 먹거나 노벨상 수상자 동상 앞에 자주 나타나는 버스커들의 공연을 감상하기에 좋다.

우리나라보다 땅덩어리는 엄청나게 크고 인구는 1,000만 명 정도 더 많은 6천만 명의 인구에서 노벨상, 특히 노벨평화상이 네 명이나 배출되었다는 것이 놀랍지만 곰곰이 생각해보면 충분히 이해가 간다.

동상은 왼쪽부터 은코시 앨버트 존 루툴리^{Inkosi Albert John Lutuli}, 데스몬드

엘버트 존 루툴리

데스몬드 투투 대주교

프레데리크 데 클레르크 전 대통령

넬슨 만델라 전 대통령

NOBEL SQUARE

음필로 투투 대주교^{Desmond Mpilo Tutu} 프레데리크 빌렘 데 클레르크 전 대통령^{Frederik Willem de Klerk} 그리고 우리나라에서도 유명한 남아공 최초의 흑인 대통령 넬슨 만델라^{Nelson Mandela}이다.

앨버트 루툴리는 아프리카민족회의의 발전과 아파르트헤이트 반대 운동을 주도한 공로로 1960년 노벨평화상을 수상했다. 1980년대 남아공 교회협의회의 인종차별 반대운동을 주도하였고, 1994년 흑백연합정부가 수립된 후에는 진실과 화해위원회(TRC) 위원장으로 활동했다.

데스몬드 투투 대주교는 남아공 최초의 흑인 성공회 주교에 이어 최초의 흑인 대주교였고, 1980년대 인종차별 반대운동을 주도하였으며 1994년 흑백 연합정부가 수립된 후 진실과 화해위원회(TRC) 위원장으로 활동했다. 저서 '용서 없이 미래 없다.'가 있으며, 1984년 남아프리카공화국의 인종차별 반대운동에 대한 공로로 노벨평화상을 수상하였다.

프레데리크 데 클레르크는 1989년부터 1994년까지 남아공 대통령을 지냈다. 그는 아파르트헤이트 제도를 없애고 보통선거를 도입한 공로로 넬슨 만델라와 함께 1993년 노벨평화상을 수상했다.

넬슨 만델라는 남아공에서 아파르트헤이트가 폐지되고 평등선거 실시

후 뽑힌 최초의 흑인 대통령이다. 대통령으로 당선되기 전에 아프리카 민족회의(ANC)의 지도자로서 백인 정권의 인종차별에 맞선 투쟁을 지도하다가 투옥되어 27년간 감옥생활을 했다. 1993년, 남아공 최초로 1인 1표제에 입각한 민주적인 선거가 1994년에 실시될 것이 결정되고 만델라는 아파르트헤이트 폐지에 대한 공로를 인정받아 1993년 프레데리크 데 클레르크 전 대통령과 함께 노벨평화상을 수상하였다.

거리 공연

V&A 워터프론트의 거리 공연은 한 곳에서만 일어나는 것이 아니라 이

곳저곳 다양한 장소에서 벌어진다. 항상 있는 것이 아니라서 전혀 보지 못할 수도 있으니 이건 운에 맡겨야 할까? 성수기였다면 늘 마주했겠지만 내가 찾은 비수기인 6월에는 공연이 많지 않았다.

성수기의 여행은 많은 여행자가 서로 흥겨운 기운을 주고받아 함께 텐션이 올라가는 장점이 있는 반면, 비수기에는 텐션은 그다지 올라가지 않지만 여행자가 많지 않아 좀 더 쾌적한 여행을 할 수 있다는 장점이 있다.

내가 만난 거리 공연의 장소는 노벨스퀘어 노벨상 수상자 동상 앞, 기념품 가게 인다바Indaba 정문 앞의 나무 아래, 아프리칸 트레이딩 포트 앞의 바다 체스판 옆이다.

기타연주를 하며 노래를 같이 하는 버스커, 스피커의 음악에 맞춰 노래를 부르는 버스커, 아프리카 전통 음악에 맞춰 노래를 부르고 춤을 추는 대규모 공연 등 다채롭고 수준이 높다.

해외 여행지에서 거리공연을 만나는 것도 아주 즐거운 경험 중 하나이다.

클락타워The Clock Tower와 그 주변

V&A 워터프론트에서 클락타워로 이동하기 위해서는 바다 위 다리

Marina Swing Bridge를 건너야 한다. 다리 이름의 스윙Swing에서 예측할 수 있듯이 좁은 폭의 바다 위에 키가 큰 배나 요트가 지나가려고 하는 경우, 다리가 시계방향으로 돌아가 배와 요트가 지나가게 길을 터준다. 다리가 시작되기 직전 왼쪽으로는 벨기에 출신 윌리엄 스윗러브William Sweetlove의 작품, 펭귄이 있다. 비닐 사각 박스 위에 올라가서 산소통을 메고 있는 대형 펭귄은 플라스틱과 쓰레기의 사용을 줄이라는 메시지를 던진다. 펭귄을 일부러 붉게 녹이 스는 철재를 사용하여 제작함으로써 작품의 의미를 더 부각시키는 것 같다.

펭귄 바로 앞에는 대형 체스판이 땅바닥에 그려져 있고 사람들은 웃음 지으며 지나가거나 멈춰 서서 체스 경기를 구경한다. 테이블이 아니라 땅바닥에 체스 기물을 놓고 발로 직접 돌아다니며 기물을 옮기면 훨씬 더 재미가 있을 것 같다. 반대로, 체스판이 너무 커서 두뇌 회전이 빨리 이루어지지 않을 것 같은 생각이 들기

도 한다.

다리 너머의 클락타워는 1882년에 지어진 최초의 항구 선장 사무실이었으며, 빅토리아풍의 고딕양식 시계탑으로써 V&A 워터프론트의 아이콘 중 하나이다. 붉은색의 벽과 회색 장식, 군청색의 철재와 유리, 멋진 장식의 대형 시계는 높이가 짤막하지만 화려하고 독특한 모양이다.

아쿠아리움Two Oceans Aquarium은 씨티사잇싱 투어 사무소 바로 뒤에 위치한다. 아쿠아리움 뒤쪽 제티에는 씨티사잇싱의 캐널크루즈와 하버크루즈 승선장이 위치한다.

넬슨 만델라 전 대통령이 18년간 투옥생활을 했던 로벤섬으로 가는 투어 보트의 출발지도 있고, 멋진 케이프타운의 풍경을 하늘 위에서 조망할 수 있는 헬기 투어의 헬기장도 있다.

V&A 워터프론트는 여행자뿐만 아니라 현지인에게도 핫플이며, 케이프타운의 모던하고 힙한 분위기를 만끽할 수 있는 쿨한 명소이다. 즐기고 먹고 쇼핑하고 휴식할 수 있는 종합 엔터테인먼트 장소로써 체류 중 몇 번을 가더라도 질리지 않고, 갈 때마다 새로운 모습과 느낌으로 다가온다.

V&A 워터프론트

V&A Waterfront www.waterfront.co.za

케이프휠 capewheel.co.za

투 오션스 아쿠아리움 www.aquarium.co.za

알록달록 무지개 마을, 보캅

케이프타운에서 희망봉 다음으로 떠올리는 명소, 보캅! 듣던 대로 보캅Bo-Kaap은 화려한 컬러가 압권이었고, 20여 채의 건물이 전부일 것으로 생각했는데 넓은 지역에 많은 건물로 구성되어 좀 더 감동이 컸다. 왠지 촌스러울 것 같은 원색의 건물 벽은 전혀 촌스럽지 않았고, 예쁘고 사랑스러웠다. 아기자기하고 낮은 키의 건물들과 파란 하늘이 있어 더 예쁜 느낌을 주는 것 같다.

롱 스트릿 81번지, 씨티사잇싱 사무소

보캅에는 투어로 갔다.

케이프타운에는 2개의 Free Walking Tour 즉, 무료로 운영하는 도보 투어가 있다.

하나는 씨티사잇싱에서 운영하고, 또 다른 하나는 프리워킹투어즈Free Walking Tours라는 업체이다. 원래 계획은 프리워킹투어즈의 투어에 참가하고 싶었으나 출발 장소를 찾지 못해 헤매고 헤매다 결국 포기했다. 결국 씨티사잇싱의 보캅 투어로 마음을 바꾸고, 투어 출발 시각인 12시를 5분 남겨 놓은 채 롱 스트릿의 씨티사잇싱 사무소에 찾아갔다.

프리워킹투어즈를 찾아갈 때 구글맵만 보고 찾아갔으면 어렵지 않게 찾아갔을 텐데 가는 도중에 시에서 세워놓은 간판을 보면서 일이 꼬였다. St. Georges Mall에 있는 이정표에는 프리워킹투어즈의 위치가 현재와 다른 위치를 알려주고 있었다. 구글맵이 항상 완벽한 것은 아니란 걸 알고 있었기에 시에서 제작한 이정표를 믿어볼까 하다가 생긴 불상사였다. 알고 보니 몇 달 전, 프리워킹투어즈의 출발 장소가 변경되었다.

다행히 숙소에서 좀 일찍 나온 이유도 있고, 두 업체가 멀리 떨어져 있지 않아 씨티사잇싱 사무소에서 운영하는 투어 시간에 늦지 않을 수 있었다.

사무소에는 덩치가 좋은 노란색 티셔츠를 입은 사람이 여기저기 두리번거리고 있다. 딱 봐도 투어 가이드로 보인다. 난 그에게 다가가 인사를 하고 이번 보캅 투어에 몇 명이나 참가하느냐고 물었다.

아직 나 혼자란다. 그런데 결국 나 혼자였다.

잭 블랙과 호형호제할 것처럼 똑같이 생긴 가이드 셸던^{Sheldon}에게 미리 양해를 구했다. 영어를 잘 못하니 이해해달라고.

내가 그에게 전달을 잘하지 못했는지, 그가 내 말을 잘 못 이해했는지 모르겠지만 투어가 시작되자마자 그는 열정적으로 설명을 하기 시작했고, 난 몰라도 아는 척, 알면 더 열심히 아는 척을 하며 열정 가득 찬 그에게 실망감을 주지 않도록 노력했다.

케이프타운에 도착하기 전까지는 보캅을 혼자 둘러볼까도 생각했다. 하지만 현지에서 만난 사람들이 하나같이 '절대로 혼자 가지 말라.'고 당부를 하는 바람에 굳이 목숨이나 휴대폰, 신용카드를 담보로까지 하면서 둘러볼 자신은 없었다.

에어비앤비 경비로 일하는 J.P.와 에릭, 테이블마운틴에서 자신의 자동차로 숙소 앞까지 데려다 준 Garth, 보캅투어 가이드 셸던, 씨티 투어 가이드들에게서 들은 이야기이니 믿어야 할 것 같았다.

숙소에서 500~600m 정도밖에 떨어져 있지 않고, 관광객이 많이 가는 명소인데다 집들이 알록달록 그렇게 예쁘고 귀여운데 그것들과 정반대로 무척 위험하다는 것이 아이러니하고 이해가 가지 않았지만 믿어보기로 했다.

보캅은 시그널힐 바로 아래 언덕이 막 시작되는 지점에 있다. 메인이 되는 거리는 부이텐그라쉬트 스트릿Buitengracht St.과 웨일 스트릿Wale St. 교차점부터 시작하며, Wale St.을 따라 시그널힐로 올라가는 200여 미터의 길이다.

우선 건물에 칠해진 알록달록한 원색의 페인트가 독창적이고 인상적이다. 심지어 검은색, 회색도 원색처럼 느껴지는 마법 같은 동네이다. 아이보리, 샛노란색, 분홍, 파랑, 녹색, 하늘색, 주황색, 녹두색 등 다양한 색상이 단색으로만 칠해지지 않고 유리 창틀이나 문틀, 담장 틀에는 또

다른 색으로 칠을 함으로써 밋밋하지 않고 좀 더 화려한 느낌을 준다.

시그널힐 올라가는 방향을 기준으로 웨일 스트릿의 오른쪽 건물은 대부분 길에서 집으로 곧바로 들어갈 수 있는 현관이 있지만, 왼쪽에 있는 집들은 반 층 정도 높게 지었기 때문에 길에서 집에 들어가기 위해서는 계단을 타고 올라가야 한다. 이 계단들은 대부분 길로부터 정면으로 놓여 있지 않고 옆에서 올라가도록 만들어진 데다 계단 난간을 담으로 만들어 도로에서는 계단이 보이지 않는다.

종종 여행자들은 계단에 올라가 사진을 찍는데 계단의 담 때문에 허리 아래는 보이지 않고 상체만 사진에 찍힌다. 이런 형태의 계단도 이곳의 독특한 모습이다.

시멘트로 건축된 단조로운 벽면 중 현관문 위쪽 옆에 장식물처럼 설치된 전등도 예쁘다. 전등 자체로도 예쁘지만, 이곳 분위기와 전등이 잘 어울린다.

게다가 집 앞에 놓인 커다란 화분에 이파리가 큰 나무, 풍성한 나무, 다육이처럼 줄기인지 이파리인지 구분이 잘 안 가는, 하지만 키가 1미터 정도 되는 나무들도 원색의 벽 색깔과 잘 어울려 너무 예쁘다.

이 길 중에서도 가장 메인이 되는 곳은 웨일 스트릿^{Wale St.}과 치아피니 스트릿^{Chiappini St.}이 교차하는 삼거리이다. Wale St. 93번지는 분홍색 페인트가 칠해진 2층 건물인데 담의 중앙에 계단이 있고, 계단을 따라 건물로 들어가는 아치 형태의 문에는 대문이 없어 누구나 들어갈 수 있다. 건물 내부 벽면에는 무슬림의 그림이 페인트로 그려져 있고, 그 너머로는 쿠킹클래스로 향하는 계단이 있는데 계단도 예쁘다.

메인은 다음이다. 아치 형태의 건물 내부에서 뒤를 돌아 조금 전에 있었던 Wale St.쪽을 바라보면 아치 현관문 너머로 분홍, 연두, 노랑, 하늘색, 보라, 회색, 흰색 등 다양한 색상의 건물들이 보이고, 치아피니 스트릿 왼쪽 건물 뒤편에 무슬림 사원의 뾰족한 첨탑이 화룡점정을 끌어낸다. 이곳에서 잠깐 걸어 치아피니 스트릿의 그 무슬림 사원 앞에 가서 웨일 스트릿 쪽을 바라보는 것도 마찬가지로 예쁘다.

웨일 스트릿을 따라 시그널힐 방향으로 가다 보면 펜츠 스트릿^{Pentz St.}과 교차점에서 웨일 스트릿이 끝나고 유서프 드라이브^{Yusuf Dr.}가 시작된다. 이곳 오른쪽에는 식당^{Biesmiellah Restaurant}이 하나 있고 식당이 끝나는 바로 앞에는 단지 몇 칸으로 만들어진 작은 계단이 작은 언덕으로 이어진다. 이 계단을 따라 올라가면 작은 공터가 있는데 이곳에서는 보캅과 보캅 너머 데블스피크, 테이블마운틴, 라이온스헤드를 한눈에 감상할 수 있다.

화려하고 예쁜 집들을 감상하며 걸으니 마음도 평화롭고 평온해진다. 더군다나 날씨도 화창하다. 여행자들은 많지 않지만 그래도 여기저기 사진 찍는 사람들이 꽤 보인다.

Owal Mosque

BO-KAAP

집의 계단 위에 서 있거나 앉아서 시간을 보내는 사람들, 삼삼오오 모여서 이야기하는 사람들의 모습을 보며 이곳이 왜 위험한 동네인지 이해가 가지 않는다. 이렇게 평화로운 마을인데……

지난 30년 동안 자유여행으로 해외여행을 하면서 한 번도 사건·사고를 당한 적이 없다. 모험심이 많아 궁금한 곳은 가봐야 하고, 야경을 좋아해서 밤에 돌아다니는 것도 좋아한다. 새벽에 느끼는 이국의 냄새와 분위기는 또 다른 맛이 있어 사람이 많지 않은 새벽에 돌아다니는 것도 좋아한다. 북미, 유럽, 호주, 동남아시아 등 모든 국가를 늘 약간의 긴장감을 가진 채 여행을 하지만 그렇다고 이렇게까지 치안에 대해 고민해본 적은 없다. 하지만 여행이 아무리 좋아도 안전에 문제가 발생되면 안 되기 때문에 보캅은 가이드 투어로만 끝내야 했다.

가이드 셸던은 예정된 90분 내내 너무나 열정적으로 보캅을 설명했다. 30% 정도만 이해했지만 난 95% 정도 이해를 하는 것처럼 대답도 열심히 하고 고개도 끄덕이고 손으로 제스처를 취하는 등 그의 노력에 적극적으로 응대를 했다.

투어가 끝나가면서 한 가지 고민한다.

'과연 팁으로 얼마를 줘야 할까?'

이 투어는 무료워킹투어이지만 미리 정해진 투어 비용이 없다는 것이지 그렇다고 그냥 입을 딱 씻을 수는 없다. 팁으로 운영되는 투어이기에.

여러 명이 같이했으면 팁도 '1/n' 해서 어느 정도 금액을 만들어 주면 좋은데 참가자가 나 혼자라서 살짝 고민이 될 수밖에 없다.

셸던이 받아야 하는 금액을 내 입장에서 생각해봤다. 1시간 30분을 가이드 하고 어느 정도 받으면 섭섭하지 않을까를.

여러 명이 아니고 나 혼자였으니 나한테서만 팁이 나와야 하고, 한국의 시간당 최저임금이 9,160원이니 시간을 고려하고, 적게 주면 나와 다른 한국인을 욕 먹일 수 있고, 그렇다고 내가 갑부도 아닌데다 많이 주면 괜히 호구 잡힐 수도 있고……, 그래서 200랜드로 결정했다.

셸던 입장에서 1시간 30분에 16,000원 받으면 완전히 망하는 가이드이겠지만, 투어 참가자 1인 입장에서는 이게 또 적은 금액은 아니라서…….

투어가 끝나고 친절하고 마음씨 좋은 셸던과 사진을 같이 찍고 헤어졌다.

보캅

프리워킹투어로 보캄 돌아보기

2개의 업체가 보캄 Free Walking Tour를 운영하며, 요금은 모두 무료이나 투어가 팁에 의해 운영되기 때문에 투어 종료 후 팁을 주면 된다.

씨티사잇싱

홈페이지 www.citysightseeing.co.za/en/cape-town/cape-town-by-foot

투어 출발시간 12:00

투어 시간 90분

시작 위치 81 Long Street ticket office

프리워킹투어즈

홈페이지 freewalkingtourscapetown.co.za

투어 출발시간 14:00

투어 시간 90분

시작 위치 Fideli's(3.1 Piazza, Parliament Street)

보캄은?

보캄은 원색의 건물로 유명한 말레이문화의 역사적인 중심지이다. 남아공에서 1850년 이전 건축물이 가장 많이 밀집된 데다 케이프타운에서 가장 오래된 주거 지역이다.

보깝의 시작은 1763년부터 노예들에게 임대하기 위해 지은 집으로 거슬러 올라간다. 노예는 말레이시아 등 동남아시아에서 이주한 무슬림들이었고, 1794년 아우왈 모스크Owal Mosque를 시작으로 몇 개의 모스크가 세워진다. 1820년대에는 인도네시아와 스리랑카 등에서도 더 많은 이슬람교도가 이 지역으로 이주한다. 1950년대 아파르트헤이트가 시행되기 전까지는 인도, 필리핀, 아프리카, 포르투갈, 이탈리아인 등 비이슬람교도도 이곳에 거주를 했지만 아파르트헤이트가 단행되면서 비이슬람교도들은 이곳에서 쫓겨나게 되고 무슬림만 남게 되었다. 현재 보깝이 유명 관광지가 되면서 이태원, 홍대 주변과 같은 젠트리피케이션Gentrification이 지속적으로 발생하여 안타깝게도 많은 말레이인들이 고향을 떠나는 처지가 되었다고 한다.

잭 블랙을 닮은 가이드 Sheldon

예쁜 석양 감상 후 고아 될 뻔, 시그널힐

석양을 좋아하는 나는 석양이 멋지다는 이야기를 들으면 어떻게 해서든 석양 감상을 위해 과감히 일정을 조정 하기도 한다.

케이프타운 시그널힐 역시 석양이 아름답다고 이야기 를 여러 차례 들었고, 심지어 석양을 감상하기 위한 투어버스도 운영이 되고 있어 Must-go 리스트에 이름을 올려놓았었다. 남반구 아프리카 대 륙의 거의 최남단에서 대서양의 석양은 얼만큼 아름다울지 기대를 많이 했다.

라이온스헤드
시그널힐

케이프타운 여행 중 우버를 처음이자 마지막 한 번 탈 수 있었는데 귀국 전날 시그널힐에 갈 때였다.

3일짜리 씨티사잇싱버스 티켓을 구매하면 선셋 버스도 무료로 이용할 수 있어 3일 중 하루를 골라 시그널힐에 가려고 했는데 일정을 맞추지 못해 우버로 갈 수밖에 없었다. 야심 차게 준비한 티켓이었지만 늘 그렇듯 제대로 이용을 못 하고 나중에 꼭 후회한다.

V&A 워터프론트에서 탄 우버는 롱 스트릿의 숙소를 들러 숙소 앞에서 10분 만에 시그널힐 정상에 도착했다. 우버에서 내린 시간은 5시였고, 휴대폰으로 확인한 일몰 시간은 5시 45분이라서 이리저리 돌아다니며 시그널힐 구경도 한다.

시그널힐에서 석양을 감상하는 포인트는 내가 케이프타운에서 그토록

하고 싶었던 패러글라이딩을 타는 장소였다. 사람들은 이미 가족, 연인, 싱글 등 삼삼오오 모여 앉아 석양 감상 준비에 돌입하고 있다. 해는 빛을 잃어가며 뉘엿뉘엿 서쪽 바다 위로 떨어지고 있고 햇살이 부드럽고 따스하다. 앉아 있는 앞쪽, 즉 서쪽에서 북동쪽까지는 대서양이고 로벤섬^{Roben} ^{Island}도 보인다. 그 아래로는 씨포인트^{Sea Point}와 그린포인트^{Green Point}이다.

떠나기 마지막 전날까지 동서남북이 헷 갈린다. 석양이 동쪽 바다로 지는 것처 럼 느껴져 이상하다.

아직 일몰까지는 시간이 많이 남아 있어 주차장 주변을 다시 서성여본다. 주차장 끄트머리에 커피 파는 트럭이 보인다. 바람이 차가운 데다 커피를 못 마신 지 시간이 많이 지났기 때문에 일 단 커피를 한 잔 산다. 늘 그렇듯 아메리카노를 샀는데 미디엄이 25랜드, 한화 2,000원 정도이다.

'와, 저렴해도 이렇게 저렴할 수가 있나?'

사장님은, "뜨거우니, 얼음 넣어줄까?" 하고 묻는다. 난 추워서 뜨거운 커피를 마시려고 했던 건데……. 어찌 됐든 사장님의 배려가 고맙다.

커피 한 잔을 들고 트럭 옆으로 걸어가니 남쪽으로 테이블마운틴과 라이온스헤드의 풍경이 펼쳐지며 한눈에 들어온다. 철로 사각 프레임을 만들고 노란색 페인트를 칠한 액자가 여기에도 설치되어 있다. 테이블마운틴을 배경으로 사진을 찍으라고 만들어 놓은 것이다. 테이블마운틴과 사람을 액자 안에 같이 넣어줘야 사진이 심심하지 않고 비로소 완성될 텐데 나를 찍어줄 사람이 주변에 없다. 철제 액자가 석양 감상 포인트 뒤편에 있기 때문에 석양을 기다리는 사람들이 이 뒤편까지 돌아다닐 일이 없다.

주변에 피크닉 테이블이 여러 개 놓여 있다. 테이블에 앉아 석양 감상을 해볼까도 생각했지만 '맛'이 안 난다. 결국 원래의 패러글라이딩 타는 장소로 옮겨 다른 사람들처럼 언덕 바닥에 철퍼덕 앉아 커피를 홀짝이며

테이블마운틴과 라이온스헤드

석양을 기다린다. 눈이 오는 케이프타운은 아니지만, 겨울로 접어들고 있어 기온이 차고 바람이 세다. 뜨거운 커피가 추위를 약간 달래준다.

5시 30분이 넘어가니 해가 거의 바다 수면에 걸터앉는다. 수평선의 윗부분은 불이 붙은 것처럼 노란색과 붉은색이 뒤섞이기 시작한다. 바다 반대편 테이블마운틴에는 뭉게구름이 조금씩 보이지만 잔잔한 대서양 바다 위 하늘에는 구름이 전혀 보이지 않아 하늘이 단조롭다. 뭉게구름이 있으면 훨씬 더 다채로운 색상과 장면을 연출할 텐데 그렇지 못한 것이 조금 아쉽다.

일기예보처럼 5시 45분이 되니 해가 수평선 너머로 사라진다. 해가 떨어지자 곧바로 사람들도 하나둘씩 떠나기 시작하는데 나는 이때부터 30분은 더 기다려보기로 작정하고 자리에서 일어나지 않는다. 내가 원하는 석양은 이것보다 조금 더 멋진 풍경이어야 한다. 매직아워를 기다려보기로 한다.

주위는 어두워져 가고 수평선 위 하늘은 조금 더 빨갛게 물든다. 바다 위에 기름이 뿌려지고 그 위에 불이 붙은 듯 노란색과 빨간색이 수평선 위를 뒤덮고 있다. 붉은 노을은 쉽사리 사라지지 않고, 나처럼 자리를 떠나지 않은 채 계속해서 석양을 감상하는 사람들도 많다. 이 정도의 석양으로 만족하기로 하고 석양 감상을 정리하기로 했다.

차량 서비스 확인 중

사진을 찍는 틈틈이 휴대폰 배터리를 체크했다. 시그널힐에 왔을 때 잔량이 20% 미만이어서 마음이 불안해졌다. 사진을 찍으려면 화면을 켜야 하고 화면을 켜면 배터리 소모가 많아지니 10% 미만으로 떨어지는 것은 순식간이었다.

사실 충전 100%인 파워뱅크를 휴대폰과 같이 갖고 있었던 것이 아이러니이다. 다만, 파워뱅크와 휴대폰을 연결하는 충전 케이블이 없다는 것이 문제였지.

게다가 더 큰 문제는 우버 앱을 켜고 목적지를 검색하면 앱이 죽는다는 것이다. 이렇게도 해보고 저렇게 해봐도 계속해서 죽는다. 마침내 목적지가 입력되고 검색이 시작된다, 앗싸~!

어렵게 앱이 실행되고 있는데 갑자기 화면이 먹통이 된다. 드디어 배터리가 완전히 죽어버렸다.

아, 이제 머릿속이 복잡해진다. 1시간 정도만 걸으면 숙소에 돌아갈 수 있을 것 같은데 걸어 내려가기에는 너무 위험하게 느껴져 선뜻 발걸음이 떨어지지 않는다. 그렇다고 대중교통이 있는 것이 아니라서 어떻게 해야 할지 답이 떠오르지 않는다. 이런 상황이라면 답은 하나다. 남의 차를 같이 타고 내려오는 것만이 방법이다.

주변을 살펴보니 근처에 젊은 남녀가 차를 기다리고 있는 것이 보여 난 마음을 정하고 그들에게 다가갔다. 우버를 기다리고 있는 그들은 새어 Share를 해도 되겠냐는 내 말에 둘이 잠시 이야기를 나누더니 그렇게 하자고 긍정적인 대답을 한다. 역시 하늘이 무너져도 솟아날 구멍은 있다.

잠시 후에 도착한 우버의 앞자리에 내가 타고, 커플은 뒷자리에 앉았다. 난 50랜드 한 장을 뒷자리의 청년에게 넘겨주며,

"새어 하자고 했지? 받아!"

그러자 커플은 "우어어억~!" 깜짝 놀라며 고맙다고 한다. 생각보다 훨씬 더 크게 놀라는 그들의 표정과 행동에 나도 놀랐다.

그들은 내가 내리기 전에 먼저 내렸는데 요금이 55랜드⁴·⁴⁰⁰원 나왔다. 커플은 결국 단돈 5랜드를 내고 우버를 이용한 것이었다. 나 역시 혼자 타고 내려왔어도 60랜드 정도는 들여야 하는데 50랜드만 주고 내려왔으니 나도 이익이었다.

우버에서 내려 숙소에 가까워져 오는데 뭔가 이상하다.

아파트 유리창에 불이 하나도 켜져 있지 않다. 아파트 입구에서 경비 J.P.는 별일이 아니라는 듯 전혀 흥분한 기색 없이 '전기가 나갔는데 50분 후에 다시 들어올 것'이라고 한다. 전기가 들어오는 시간을 알 수 있다는 것이 신기하다. 휴대폰 배터리가 없어 깜깜한 계단을 올라가질 못하니

J.P.가 플래시를 들고 앞장선다. 뉴스에서 봤던 것과 같이 남아공은 전력 수급이 좋지 않아 종종 정전 발생이 일어난다고 한다.

숙소에서 케이블을 들고 다시 밖으로 나와 롱 스트릿의 술집 2층으로 향한다. 데블스피크Devil's Peak를 한 병 마시며 휴대폰을 충전하는데 로또 3 등 정도 한 것처럼 기분이 좋다.

시그널힐

씨티사잇싱 선셋버스

투 어 일 화요일, 목요일, 토요일

출발장소 V&A 워터프론트 사무소 앞(Stop 1, 아쿠아리움 앞)

출발시간 4:45pm

홈페이지 www.citysightseeing.co.za/en/cape-town

버스 티켓 160랜드

※ Deluxe Hop On-Hop Off Ticket(3일 이용 티켓) 구입 시 선셋 버스 무료

역사가 있는 남아공 맥주

남아공의 맥주가 우리나라에는 거의 알려진 것이 없어 별생각 없이 케이프타운에 갔는데 알고 보니 남아공은 370년 이상의 맥주 역사를 갖고 있고 50여 개 이상의 업체가 운영 중이다. 1650년대 네덜란드 이민자들이 최초 생산한 후 19세기와 20세기 영국 이민자들에 의해 발전했다. 동인도회사가 있던 케이프타운은 네덜란드와 동인도 사이의 무역 종사자의 괴혈병 퇴치를 위한 맥주를 공급하는 데 중요한 역할을 했기 때문에 맥주 산업이 발전할 수 있었다.

여행 시기가 비수기라서 롱 스트릿의 바에는 손님이 한창이어야 할 저녁 시간에도 한산하다. 들썩들썩하는 사람들의 열기와 흥분은 없어도 2층 야외 발코니에 앉아 거리를 바라보며 조용히 맥주 한 잔 마시기에 딱 좋다. 직원은 하이네켄을 추천했지만 난 로컬 맥주를 달라고 한다.

온종일 여행지를 걷다가 숙소 근처에서 저녁 시간에 마시는 맥주는 종류를 불문하고 맛이 좋다. 이름을 까먹은 생맥주와 병으로 된 Devil's Peak, Black Label, Savanna 등을 맛보았는데 확실히 우리나라 맥주와는 다른 맛이다. 쌉싸름하고 좀 더 향이 첨가된 맛이다.

숙소 경비 J.P.는 사바나를 '여자들이 마시는 술'이라고 했다. 그러고 보니 사바나 병에 '사이다Cider'라고 쓰여 있다. 아이러니한 것은 맥주는 4%의 알코올을 함유하는 데 반해 사바나는 톡 쏘고 달콤하지만 6%의 알코올이 들어 있다는 것이다.

'맛이 좀 특이하더라니……. 그래도 나쁘지는 않았어!'

나무 사이, 공중에 만들어진 길을 걸을 수 있는 커스텐보쉬

케이프타운에 가서 얼떨결에 가장 먼저 가게 된 커스텐보쉬 국립식물원Kirstenbosch National Botanical Garden.

씨티사잇싱버스 블루라인 다섯 번째 정거장. 롱 스트릿을 떠난 버스는 20분 만에 커스텐보쉬 '게이트 1'에 도착한다. 오후에 비 소식이 있지만 버스를 타고 가는 오전은 날씨가 화창하다. 날씨가 좋으니 기분이 더 좋고, 탁 트인 식물원에 간다는 마음에 평온하지만 가벼운 흥분도 일어난다.

버스를 잘 못 탔지만, 어차피 한 번은 가려고 했던 커스텐보쉬이다보니 이대로 즐기기로 마음을 먹는다. 이곳을 가보고 싶었던 이유는 바로 트리 캐노피 워크웨이^{Tree Canopy Walkway}의 사진을 보고 나서였다. 사람들이 걸을 수 있는 나무 데크 길을 커다란 나무 사이의 공중에 만들어 놓은 것인데, 높은 곳에서 탁 트인 풍경을 감상하는 것도 좋지만 데크 길을 걷는 그 자체가 너무 좋을 것 같았다.

몇 년 전, 밴쿠버 인근의 캐필라노 현수교^{Capilano Suspension Bridge} 옆에 있는 트리탑스^{Treetops Adventure} 위를 걷는 것이 인상적이었는데 커스텐보쉬의

밴쿠버 캐필라노 현수교

트리 캐노피 워크웨이는 어떤 모습일지 궁금했다.

버스에서 내려 입장권을 구입한 후 식물원 안쪽으로 들어간다.

입구 좌우로 서점과 기념품점 등이 있고, 입장권 확인을 받은 후 바로 왼쪽에 있는 유리 온실^{Conservatory}로 향했다. 유리 온실에는 선인장과 다육이, 활엽수 등 남아공의 다양한 지역에서 자라고 있는 나무와 식물이 자라고 있다. 첫눈에 보인 풍경은 '관리를 안 하는 건가?' 하는 느낌이었지만 아프리카의 건조하고 척박한 지역의 식물들이 많다 보니 그런 느낌이 들었는지도 모르겠다.

내 관심사는 오로지 트리 캐노피 워크웨이라서 유리 온실을 떠나 이정 표를 따라 열심히 걷는다. 휴대폰의 구글맵을 이용하는 것도 귀찮아 그냥 이정표만 따라 걷는다.

입장권 검표소 바로 앞의 길은 꽤 넓은데도 양옆으로 큰 나무들이 울 창하게 하늘로 뻗어 올라가 있어 하늘이 보이지 않는다. 이 길을 벗어나 자 '짜잔~!'하고 나타난 상당히 넓은 잔디밭과 그 앞으로 병풍처럼 펼쳐 진 테이블마운틴 남쪽 모습이 가슴을 시원하게 적신다. 딱 봐도 산의 높 이가 꽤 높은 걸 알 수 있고 그제야 산이 웅장하다는 느낌이 든다.

잔디밭 너머 너어저리 버트리스 산꼭대기^{Nursery Buttress}의 바위가 뭔가를 닮았는데 잘 떠오르지 않는다.

'그래, 개구리 왕눈이 친구, 아로미 아빠 투투를 닮았다!'

귀여운 개구리가 아니라 욕심이 많은, 개구리가 반쯤 눈을 감은 모습

투투를 닮은 산봉우리

이다.

넓은 잔디밭에 풀이 하나도 없이 일정하게 자란 연두색의 잔디가 예쁘고 싱그럽다. 잔디밭 끄트머리에는 가지와 이파리가 풍성한 거대한 나무들이 듬성듬성 서 있는데 빽빽하지 않아 보기가 좋다. 그 주변에는 나무 벤치가 몇 개 놓여 있다. 이 모든 것이 평화로운 풍경이다.

잔디밭은 평평하지 않고 언덕으로 되어 있어 단조롭지 않다. 이 넓은 잔디밭이 사람 한 명 없이 비어 있는 것이 안타깝다.

'이렇게 멋진 경치를 가진 잔디밭이 놀고 있다니…….'

동행자가 있거나 더 많은 시간을 여행한다면 하루 정도 이곳에서 딩가딩가 시간 보내는 것도 좋겠다고 생각해본다.

버스에서 내린 사람 중에 내가 제일 먼저 식물원에 들어온 데다 캐노피 워크웨이를 목적지로 하고 앞만 보고 열심히 걷다 보니 뒤에 따라오는 사람이 보이지 않는다. 이정표는 잘 되어 있어 어렵지 않게 찾아왔는데 바로 앞에서 살짝 헤맸다. 뜬금없는 장소에서 갑자기 캐노피 워크웨이가 나타났는데 길에서는 잘 보이지 않는다.

캐노피 워크웨이가 시작되는 바로 앞에 있는 안내판에는 '2013년 식물원 개장 100주년을 기념해 2014년 3월에 오픈을 했고, 별칭이 붐슬랭 Boomslang'이라고 적혀있다. 재밌는 것은 여행을 마칠 때까지도 Boom-

slang을 Boomerang^{부메랑}이라고 생각했다

는 것이다. 호주 원주민이 던지며 사용하던

부메랑과 철자가 비슷하고, 캐노피 워크웨이가 라운드 형태로 구부러져

있어 형태도 비슷하여 붐슬랭을 부메랑이라고 생각하고 아프리카에서 호

주의 부메랑을 별칭으로 지정한 이유를 궁금해했는데 자세히 보니 부메

랑이 아니라 붐슬랭이다.

'그러면 그렇지!'

붐슬랭은 아프리칸어로 나무 ^{붐은 나무, 슬랭은 뱀}을 의미하는데 날씬한 데

다 100~160cm까지 자라며, 이름처럼 나무를 잘 올라간다. 뱀의 사진을

보니 캐노피 워크웨의 이름을 붐슬랭으로 지은 것이 100% 이해된다.

붐슬랭의 바닥은 철재로 제작되었고 그 위에 데크를 나무로 마감하였

다. 난간은 철재인데 난간 위, 손잡이 부분은 나무를 매끄럽게 처리해 나

무를 만지는 감촉이 아주 좋다.

Tree Canopy Walkway: Boomslang

특히 난간이 시작되는 목재 부분은 가느다랗고 속도감이 느껴지는 유선형의 모습인데 이게 딱 나무뱀을 연상시킨다. 붐슬랭이 일자로 이어지지 않고 처음부터 끝까지 유선형으로 되어 있어 이름을 참 잘 지었다는 생각도 든다.

카키색의 색깔도, 철재와 나무를 사용한 것도, 디자인도 모두 마음에 든다. 붐슬랭 위를 걷다 보니 나무숲에서 공중의 빈 공간으로 나가는 뻥 뚫리는 공간이 나온다. 나무들이 모두 발아래 보이고 다시 테이블마운틴이 가슴 벅찬 느낌으로 웅장하게 코앞에 놓인다.

붐슬랭의 길이는 130미터, 가장 높은 곳은 11.5미터라는데 실제 느낌은 길이가 50여 미터, 높이도 5미터 정도밖에 안 될 것처럼 규모가 작게 느껴진다. 밴쿠버 근교의 트리탑스와 비교해서 그런지도 모르겠다. 트리탑스는 지름이 2m 정도에 키는 100여 미터 되는 거대한 나무 중간에 목재로 걸을 수 있

Boomslang

는 데크를 만들어 놓았고 마감은 투박한 데 반해 붐슬랭은 규모가 작아 아기자기하고 아주 모던한 디자인이라서 뭐가 더 좋다고 딱 잘라 말하기 어렵고 굳이 비교할 필요도 없다.

붐슬랭을 둘러본 후 휘리익 식물원을 나와 씨티사잇싱버스에 오른다.

커스텐보쉬

커스텐보쉬 국립식물원Kirstenbosch National Botanical Garden

운영시간 여름(9월~3월) 08:00~19:00, 겨울(4월~10월) 08:00~18:00

요   금 R210

가는방법 씨티사잇싱버스 블루라인, 우버

홈페이지 www.sanbi.org/gardens/kirstenbosch

기타정보 커스텐보쉬는 남아프리카 토착 식물의 재배에 중점을 두고 1913년 설립되었다.

역사는 1660년까지 거슬러 올라가며, 커스텐보쉬라는 이름은 1795년 처음 등장한다. 당시 케이프 지역에 커스텐Kirsten이라는 이름을 가진 사람들이 많이 살고 있어 그 가문의 누군가와 연관이 있다고 추정되며 보쉬bosch는 네덜란드어로 숲과 덤불을 의미한다.

영국 케임브리지 대학교 식물학자인 헨리 해럴드 피어슨(Henry Harold Pearson)이 1903년 케이프 식민지에 와서 현재 케이프타운대학교의 식물학 석좌 교수직을 맡고 1911년 2월 식물원 부지로 적합성을 평가하였으며, 1913년 7월 1일, 국립식물원으로 지정되었다.

다양한 형태의 콘센트, 하지만 여행용 멀티 어댑터 준비

지금껏 본 적 없는 콘센트를 남아공에서 사용한다.

우리나라 220V 전자기기를 그대로 사용할 수는 있는데 문제는 콘센트가 다르다.

게다가 무식하리만큼 커서 놀랐다. 구멍이 크기도 할 뿐만 아니라 세 개씩이나

있다. 그 옆에는 스위치가 있어 콘센트의 전기를 제어할 수 있다. 플러그를 콘센

트에 꽂았는데도 전원이 안 들어온다며 고민하지 말고 스위치를 눌러보자.

숙소의 콘센트에는 그야말로 멀티 어댑터가
이미 꽂혀 있었는데, 우리나라와 동일한 형
태도 있어 그대로 사용할 수 있고 USB 포트
도 있어 편리했다. 신기하게도 육각형 형태
의 아이폰 맞춤형 콘센트도 있다.

심지어 철제 침대 프레임에도 아이폰 맞춤형
콘센트가 있어 굳이 멀티탭이 없어도 충분히
전자기기들을 사용할 수 있어 편리했다.

한국식 플러그를 남아공 3
구 콘센트에 꽂을 수 없음

씨티사잇싱버스 일부 좌석에 USB 포트가 설
치되어 있고, 공항 라운지에 아이폰 맞춤형
콘센트가 있는 것으로 유추해보건대 남아공

은 USB 포트와 아이폰 맞춤형 콘센트가 일반적으로 널리 사용되고 있다. 하지

만 남아공 여행 준비할 때, 여행용 멀티 어댑터와 3구 정도 되는 멀티 어댑터를

준비하기를 권장한다.

편리한 멀티 콘센트

아프리카에서 유럽 감성을 즐길 수 있는 주말 마켓; OZCF 마켓, 네이버굿즈마켓

해외여행을 가면 딱히 사고 싶은 것이 없어도 윈도우 쇼핑을 좋아한다. 호기심이 많아서인지 현지인들의 생활에도 관심이 많이 가나 보다. 여러 나라의 쇼핑센터, 재래시장 등을 많이 찾아봤지만 우리나라와 특별히 다르지 않아 이번에도 큰 기대는 하지 않고 OZCF 마켓Oranjezicht City Farm Market과 네이버굿즈마켓Neighbour Goods Market을 찾아가 본다.

케이프타운의 주말에는 유명한 시장이 두 개가 열리는데, 그중 하나는

V&A 워터프론트 부근에 있는 OZCF 마켓이고, 또 다른 하나는 우드스탁Woodstock 지역의 올드비스킷밀Old Biscuit Mill에 있는 네이버굿즈마켓이다.

이번 여행은 숙소에서 아침을 과일로 해치우고, 점심은 현지식, 저녁은 한국에서 가져간 햇반과 현지에서 구입한 채소를 먹기로 했다. 하지만 롱 스트릿에는 큰 수퍼마켓이 없고 구멍가게만 몇 개 있었는데 신선한 채소가 없을뿐더러 아예 채소 자체가 귀해서 구입할 수 없었다. 다행히 목요일에 케이프타운에 도착했고 토요일 주말시장이 있어 토요일 아침 일찍 집을 나섰다.

수차례 들어도 발음을 하기 힘든, OZCF 마켓

OZCF는 Oranjezicht City Farm Market의 약자이고, Oranjezicht는 네덜란드어에서 왔다는데 도통 발음할 수가 없다. 심지어 현지인한테 여러 차례 발음을 부탁해 들어보아도 발음하기가 여간 어려운 것이 아니다. 가장 근접한 것이, '오렌지지시트'. 발음하기 어려우니 그냥 OZCF!

위치는 월드컵경기장과 워터프론트 중간쯤 자리 잡고 있어 별로 위험해 보이지 않아 버스를 타고 간다. 롱 스트릿을 운행하는 버스 대부분은 시빅센터가 종점이라 시빅센터까지 가서 갈아타는 방법으로 이동하는데 다행히 OZCF는 직행으로 가는 113번 버스가 있다.

OZCF 마켓 입구

비치로드^{Beach Rd}의 마켓 입구에는 두 명의 아저씨가 빨간색 점퍼를 입고 안내를 하고 있다. 얼핏 보면 입장료를 받을 것 같은 느낌도 들지만 그렇지는 않다. 입구에 들어서자 제일 먼저 꽃들이 반겨준다. 감정이 섬세하지 못한 아저씨이지만 화창한 토요일 아침에 예쁜 꽃을 산더미처럼 만나니 기분이 확 좋아진다.

마켓이 너무 크지도 작지도 않은 적당한 크기라서 좋다. 게다가 건물이 제대로 건축된 것이 아니고 컨테이너와 천막, H빔, 나무 기둥 등 임시 건축물 같은 구조인데 신기하게도 시시한 느낌이 전혀 들지 않고 오히려 힙한 느낌이 든다.

컨테이너가 놓인 비치로드 쪽에는 가게가 있고, 바닷가 쪽에는 천막

아래 음식을 먹거나 쉴 수 있는 테이블이 놓여 있다. 바닥에는 전체적으로 나뭇조각Wood chip을 깔아 놓아 친환경적인 느낌도 들고 땅을 밟는데 좋은 감촉을 느끼게 한다. 얇은 나뭇가지를 지붕 대신 걸쳐놓은 소박한 모습은 그늘을 만들어주는 것뿐 아니라 인테리어적으로도 예쁘다. 테이블이 있는 야외 안뜰 공간에서는 상가 쪽에서 음식을 사 와 파란 바다와 하늘을 보며 먹을 수 있다. 음식을 직접 준비하지는 않았지만, 소풍을 나온 것 같은 느낌이 든다.

팜 마켓이지만 채소와 음식만 판매하는 것은 아니다. 손으로 만든 인형이나 꽃, 식물, 의류, 수제 가방, 수제 비누, 수제 바구니, 도자기 등도 판매한다.

제일 눈에 띄는 매장은 다양한 종류의 토마토를 판매하고 있는 채소 매장이다. 토마토 종류가 이렇게 많은 줄 몰랐다. 내 머릿속에는 일반적인 토마토, 방울토마토, 요즘 많이 보이는 대추토마토 정도인데 이곳에는 이것들 말고도 쭈글쭈글 호박 같이 생긴 토마토에 연두색 방울토마토, 서양 가지처럼 생긴 토마토 등 토마토만 구경하는 것도 재미있다.

음료와 식사를 할 수 있는 매장은 끄트머리에 따로 모여 있어 이것저것 비교하면서 선택하기 좋다.

9시경이라서 배도 출출하고 마켓에 왔으니 뭐라도 사 먹어 보고 싶었는데 1초의 고민도 없이 눈에 들어온 것이 있다. 두 명의 직원이 아보카도 토스트를 만들고 있는데 너무 열심히, 정성을 들이는 모습이 상당히 인상적이다. 저런 자세로 만드는 음식은 설사 맛이 없더라도 건강에 좋겠다는 생각을 했는데 심지어 만들어놓은 토스트가 눈으로 보기에도 너무 예쁘고 먹음직스럽다. 토스트에 아보카도 하나가 통으로 들어간다.

바로 옆의 가게는, 얼마 전 포르투갈에서 맛있게 먹었던 에그타르트를 판매한다. 포르투갈 생각에 에그타르트도 하나 사고, 커피도 한 잔 구입했다. 총 금액은 15,000원 정도로 조금 비싼 편이었지만 아주 만족스러웠다.

음식을 야외 테이블로 가지고 나가 앉는다. 바로 옆 스피커에서 조용히 울려 퍼지는 음악, 이곳저곳에서 낮은 소리로 웅성거리는 사람들의 밝은 이야기 소리, 일기예보에는 비가 온다고 되어 있었지만 비는 오지 않고 하늘이 파란 화창한 날인데다 부드러운 감촉의 아보카도, 씹는 식감이 좋은 견과류 등의 하모니가 잘 뒤섞여 기분을 한층 더 높여준다.

우드스탁 지역의 올드비스킷밀에 있는 네이버굿즈마켓

일요일, 애덜리^{Adderley}에서 102번 버스를 타고 우드스탁의 켄트 스트릿

OZCF 마켓의
아보카도 샌드위치

Kent St. 정류소에서 내렸다. 원래 261번을 타면 코 앞에 있는 비스킷밀 Biscuit Mill 정류소에서 내리면 되는데, 먼저 도착한 102번 버스를 탔다가 200미터는 걸은 것 같다. 하지만 102번 버스가 도시의 약간 높은 지대를 운행하는 노선이라서 북쪽으로는 시내 풍경을, 남쪽으로는 테이블마운틴과 데블스피크를 가까운 곳에서 볼 수 있어 생각지도 않은 서프라이즈 경험을 했다. 버스가 가는 길가에는 유럽풍의 예쁜 주택들은 많이 보인다. 이런 풍경은 직접 걸으면서 감상하는 것이 좋은데 그렇게 할 수가 없는 케이프타운의 현실이 아주 안타깝다.

올드비스킷밀 입구에서 뒤를 돌아보니 데블스피크가 정면에 보인다.

버스 타고 네이버굿즈마켓 가는 길

게다가 바로 코앞에 있다. 오늘도 날씨는 파랗고 하얀 뭉게구름이 떠다니고 있어 기분이 저절로 좋아진다.

올드비스킷밀은 1900년대 초부터 1946년까지 실제로 운영된 비스킷 제분소 공장을 개조하여 쇼핑몰 형태로 바꾼 것으로 식당, 의류점, 아트, 기념품점 등이 입점해 있는데 주로 창의적인 제품들을 다룬다.

입구에 들어서자마자 팜트리 아래 눈에 확 띄는 오렌지색과 흰색으로 도색된 폭스바겐 커피차가 보인다.

네이버굿즈마켓은 올드비스킷밀 안에 위치하며, 주말에만 문을 여는데 의류 등도 일부 있지만 주로 음식을 판매한다. 한국인으로 보이는 분이 다른 현지 직원들과 함께 한식을 판매하는 가게도 보인다.

100년 된 건물로 둘러싸인 올드비스킬몰은 얼핏 지저분한 느낌을 줄 법도 한데 전혀 그렇게 보이지 않고, 전체적으로 멋진 풍경을 만든다. 낡고 붉은 벽돌과 여기저기 떨어져 나간 벽의 조화가 잘 어울려서 얼핏 보기에도 편안하다. 듣기 좋은 익숙한 음악과 맑은 날씨, 파란 하늘, 적당한 기온, 예쁜 색감의 건물과 데코레이션, 흰색·노란색으로 칠해진 앙증맞은 커피차 등이 멋진 분위기와 좋

올드비스킷밀

은 기분을 만들어 준다.

　네이버굿즈마켓 입구의 나무 테이블에 앉아 커피를 마시며, 입구 옆 DJ가 틀어주는 신나는 팝송을 감상하며 점심 시간을 기다린다. 분위기 좋은 이곳에 있으니 내가 아프리카에 있는 건지, 우리나라나 유럽에 있는 건지 구분이 안 된다.

　커피를 들고 올드비스킷밀의 상가들이 모여 있는 곳으로 걸어가 본다.

　중고 책이 꽂혀있는 책꽂이와 그 뒤로 수제 가방을 판매하는 매장이 있다. 왼쪽으로는 행잉 체어가 가게 문 앞에 걸려 있는데 하나 사고 싶은 생각이 절로 든다. 구두와 옷 가게가 있다. 창의적인 제품의 매장이 있는 것이 이곳의 특징이어서 그런지 창의아카데미학원^{Cape Town Creative Academy}도 보인다.

　보캅의 컬러풀한 색감과 정반대로 이곳은 어둡고 차분한 색상으로 마감했다. 철재 계단, 이정표, 가게 입구의 문틀과 창틀, 심지어 화분까지 군청색이다.

　안쪽으로 더 들어가니 중정이 있다. 초록의 꽤 큼직한 나무가 한 그루 있고, 테이블과 파라솔이 길 위에 놓여 있다. 바닥은 붉은 벽돌로 포장되어 있고, 사방으로 1층은 군청색인데 그 이상의 층은 원래 건물 그대로 붉은 벽돌이다. 전체가 모두 같은 색이 아니라 1층만 색을 달리해서 단조로워 보이지 않고 차분하면서도 좀 더 모던한 느낌을 준다.

중정 끄트머리엔 소원을 비는 우물^{The Wishing Well}이 있어 다가가 본다. 단순하면서도 앙증맞게 생긴 우물이 나타난다. 많은 사람이 그랬던 것처럼 조만간 시작할 사업이 성공하게 해달라고 소원을 빌면서 동전을 우물에 던졌다. 내 소원이 이루어지지 않더라도 아주 적은 돈이지만 지역 시설에 사용된다고 하니 그걸로 됐다.

이번엔 오래된 건물의 실외 계단을 따라 위로 올라가 본다. 계단이 건물의 맨 꼭대기층 식당 The Potluck Club까지 이어지는데 입구 바로 앞에서 멈춰 풍경을 감상한다.

케이프타운 시내에 키가 고만고만한 건물이 가득하고 그 너머 데블스피크, 테이블마운틴, 라이온스헤드, 시그널힐이 남쪽에서 서쪽으로 이어진다. 북쪽에는 대서양이 햇볕을 받아 은빛 물결이 일렁인다.

이제 점심 먹을 시간이 됐다. 다시 네이버굿 즈마켓으로 넘어가는데 계속해서 밝고 경쾌한 팝송이 귀를 사로잡는다.

메뉴를 정하기가 어려워 세 번이나 둘러보다가 소고기 갈비^{Beef Rib}로 결

정하고, 바로 앞 매장에선 루이보스^{Rooibos} 차도 주문했다. 케이프타운 바로 옆 동네가 원산지이고 건강에도 꽤 좋다는 얘길 들어본 적 있지만 아직 한 번도 마셔보지 못한 루이보스를 드디어 경험할 기회가 왔다.

루이보스는 자스민, 오렌지, 딸기 등 여러 가지 향을 첨가할 수도 있지만 난 첫 경험이라서 아무것도 넣지 않은 오리지널 루이보스 차를 주문했다.

소고기는 양이 많지 않았지만 양념이 듬뿍 들어가 있고 연하고 맛이 좋다. 처음 마시는 루이보스는 얼그레이와 비슷한 맛이었고 고기와도 꽤 잘 어울린다. 6개월 전, 포르투갈과 스페인 여행에서 음식이 맞지 않아 한동안 고생한 것을 떠올리니 음식이 더 맛있게 느껴진다. 내 입맛이 까탈스럽다고 생각했는데 꼭 그런 것만은 아닐지도 모르겠다는 생각이 든다.

높은 천장과 커다란 규모의 건물 안에 촘촘히 들어서 있는 음식점들, 복잡해 보이지만 그렇지 않고, 천장에 매달린 장식물이자 전등도 식당 전체 분위기를 밝고 경쾌하게 만든다. 딱히 이유는 모르겠지만 이곳 분위기는 유럽에서 느꼈던 것과 흡사하다.

패션에 관심이 없더라도 윈도우 쇼핑을 하고, 맛있는 음식을 맛보면서 반나절 정도 시간을 보내며 색다른 아프리카를 경험해보기를 추천한다. 커피 한 잔 사서 야외 테이블이나 벤치에 앉아 아무 생각 없이 휴식을 취하는 것도 여행을 즐기는 방법 중 하나이다.

OZCF마켓

네이버굿즈마켓

| OZCF 마켓

운영시간 토요일 08:15~14:00, 일요일 09:00~14:00

가는방법 MyCiTi 104번 버스, T01 버스

주　　소 Haul Road, Granger Bay Blvd, Victoria & Alfred Waterfront

홈페이지 ozcf.co.za

| 네이버굿즈마켓

운영시간 토요일 09:00~16:00pm, 일요일 10:00~16:00

가는방법 MyCiti 261번 버스, 102번 버스(애덜리^{Adderley}에서 20분)

주　　소 375 Albert Rd, Woodstock, Cape Town, 7915

네이버굿즈마켓 www.neighbourgoodsmarket.co.za

올드비스킷밀 theoldbiscuitmill.co.za

롱 스트릿 근처의 GREEN MARKET

즉석밥을 가져가니 좋은데!

해외여행 처음으로 음식을 가져 갔나 보다.

음식을 가져간 이유는 간단하다. 되도록 해 떨어진 이후에 숙소 밖을 돌아다니지 않기 위해서이다. 해외여행에서는 보통 해가 떨어진 이후에는 활동하지 않는 것이 좋다. 우리나라 치안이 아주 좋은 편이다 보니 일상에서 안전에 대해 크게 생각하지 않고 행동하는 것이 일반적이지만 해외에서는 늘 긴장의 끈을 놓지 않는 것이 사건, 사고를 미연에 방지하는 가장 좋은 방법이다.

숙소가 있는 롱 스트릿은 비수기라서 사람들이 많지 않은데다 경비들의 말처럼 밤에도 크게 위험해 보이지는 않았지만 되도록 돌아다니지 않으려고 노력했다. 게다가 숙소에서 직접 해 먹는 저녁식사도 꽤 좋았다. 즉석밥과 라면, 고추참치 캔, 고추비빔장을 가져갔고, 비빔장은 OZCF에서 구입한 싱싱한 채소와 계란을 곁들여 비빔밥을 만드는데 딱이었다.

아침은 빵, 과일과 계란으로 간단히 먹고, 점심은 현지식으로 했는데 피자, 피쉬 앤칩스, 스테이크, 햄버거, 고기 등 다양하게 경험했다.

7일 동안 케이프타운에서 먹은 점심식사는 늘 맛이 좋았다.

호주 시드니를 연상시키는 케이프타운 근교의 멋진 해변 풍경;
camps Bay Beach, clifton Beach, Sea Point, Green Point

여행 출발 전, 하우트베이에서 야생 물개들이 자유롭게 노는 모습을 구경하고, 풍경 좋은 식당에서 맛있는 음식을 먹고, 멋진 해변을 감상할 수 있다는 정보를 접하고 나서 하우트베이를 여행 일정에 넣었었다.

하지만 도착 이틀째 씨티사잇싱버스 블루라인을 타고 잠깐 들른 하우트베이의 모습은 아주 일부분만 접할 수 있었지만 내가 예상했던 경치는 아니었다. 오히려 바닷가에서 보는 풍경보다 버스를 타고 하우트베이에 들어가고 나올 때 바라보는 풍경이 훨씬 더 예뻤다.

결국 그 먼 곳까지 다시 갈 필요가 없겠다는 결론. 대신 케이프타운 근교 해변에서 좀 더 길게 시간을 보내면 좋겠다고 결정했다.

자전거로 둘러본 해변

귀국 전날에야 해변을 둘러볼 시간이 허락되었다.

귀국을 위해서는 우리나라 질병관리청에서 요구하는 대로 비행기 탑승 전 코로나19 테스트를 받고 음성이 확인돼야 탑승이 가능하므로 귀국 전날, 월드컵경기장 옆 코로나검사소에서 검사를 받았다.

이곳에서 북쪽으로 200여 미터만 가면 바닷가가 나오고, 그곳에서 왼쪽으로 돌아 바닷가를 따라 조금만 더 가면 그린포인트 등대Green Point Lighthouse를 시작으로 캠스베이Camps Bay까지 공원과 해변이 이어진다.

구글지도를 보니 그린포인트 등대와 아주 가까운 곳에 자전거 렌탈점이 있다. 이곳에서 자전거를 렌탈해서 캠스베이까지 갔다 오며 천천히 해변 감상을 하면 좋겠다고 생각했다.

코로나19 검사와 결과 확인 후, 2010년 남아공 월드컵이 열린 경기장 바로 옆을 지나 바닷가로 걸어간다. 이제 막 9시가 넘은 아침이라서 햇살이 아직은 부드럽고 날씨는 화창해서 걷는 발걸음도 가볍고 즐겁다.

자동차 도로와 바닷가 사이는 초록의 잔디가 뒤덮인 공원이다. 도로 건너에는 여느 도시와 같이 모던한 건물들이 길을 따라 늘어서 있고 건물 너머에는 시그널힐이 보인다. 조깅하는 사람들과 자전거 타는 사람들을 보니 나도 빨리 자전거를 빌려 타고 싶은 마음이 간절해진다.

Green Point Lighthouse

짝딸막한 키에 독특한 형태의 페인트칠이 되어 있는 그린포인트 등대가 보인다. 흰 색과 빨간색의 색상은 일반적인 등대와 같은데 빨간색이 사선, 스트라이프 형태로 들어가 있는 것이 다른 등대와 다른 점으로 독특한 디자인이다.

가까이 가니 철창살 문이 닫혀 있다. 문 안 쪽의 마당 벽에 있는 안내판에는, 등대가 1824년에 건축되었으며 '방문자 환영'이라고 하는데 '문은 왜 닫힌 것인지' 생각이 드는 순간 그 밑에 '방문 시간 10시에서 오후 3시까지'라고 적혀있다.

'아직 10시가 안 되었구나~!'

조금 더 남쪽으로 내려가니 아이들 놀이터가 있고 The Blue Train Park이라는 어린이용 작은 기차공원이 있다. 분명히 이 앞에 자전거 렌털점이 있어야 하는데 아무리 눈을 씻고 찾아봐도 보이지 않는다. '겨울 비수기에 접어들어서 여행자가 많지 않아 임시휴업을 했겠구나.' 생각하며 너무 많은 미련을 두지 않고 다음 렌털점을 향해 다시 걷기 시작한다.

한국에 있을 때 운동으로 걷기와 자전거 타기를 했는데 보통 걷기는 5km, 자전거는 12km를 탔다. 그러다 보니 이미 1.5km를 걸었고, 앞으로 3km를 더 걸어야 또 다른 자전거 렌털점에 도착하는데도 별 부담은 없다.

한쪽엔 도시의 건물, 다른 한쪽엔 푸른 바다를 보며 걷는 데다 처음 보는 경치인지라 지루한 줄 모르고, 힘든 줄도 모르고 걷는다. 4년 전, 에어비앤비로 예약했다가 주인이 취소하는 바람에 결국 다른 집을 알아봤어야 했던 민박집이 있는 그린포인트를 지나 씨포인트Sea Point에 접어든다.

널찍한 공원이 시작되는데 Sea Point Promenade 가까이 거대한 철

제 안경이 눈에 띈다. 안경 옆에서 사진 찍는 사람, 위에 올라가 노는 사람 등 안경을 사진 소품으로 다양하게 활용하는데 이 안경은 만델라의 안경Mandela Glasses이다. 2014년 설치된 안경은 고인이 된 넬슨 만델라 전 대통령을 기리기 위한 설치물이지만 이것이 만델라에 대한 적절한 헌사라고 생각하는지에 대해서는 불분명하다는 일부 사

람들에 의해 원색적인 비난을 받기도 했다. 안경은 만델라 전 대통령이 18년간 투옥되었던 로벤섬을 바라보고 있다.

파도가 길옆 바위에 부딪혀 하얀 포말을 일으킨다. 아침이라 그런지 바다 안개가 더 많이 길을 뒤덮기도 한다. 가끔 시그널힐에서 날아온 패러글라이딩이 공원 잔디밭에 착륙을 한다. 이 모든 것이 아련하고 평화로운 풍경을 자아낸다.

드디어 바닷가 수영장과 고래 꼬리 조각상이 있는 씨포인트 파빌리온 Sea Point Pavilion에 도착했다. 자전거 렌털점은 눈앞에 있고, 4.5km 정도를 걸었으니 일단 단맛 나는 젤라또 하나를 먹어야겠다. 56랜드에 미디엄 사이즈를 받아 들고 나무 테이블에 앉아 천천히 맛을 보며 주변 경치와

함께 자전거 렌털점UP CYCLES을 살펴본다. 자전거는 우리가 일반적으로 타던 자전거와 조금 다르다. 손잡이에 브레이크가 없다. 헐~!

직원은 자전거를 빌려주면서 타는 방식을 알려준다는데 그깟 자전거에 왜 그렇게까지 하나 생각했지만, 이야기를 못 들었으면 한참 헤맬 뻔했다. 네덜란드식 자전거라는데 페달을 앞으로 돌리면 앞으로 가고, 뒤로 돌리면 자동으

CAMPS BAY

로 브레이크가 걸려 자전거가 멈추게 된다. 이게 편한 방식이라고 하지만, 자전거를 반납할 때까지 1시간여 동안 적응이 안 됐다. 특히 제자리에서 자전거를 타고 내릴 때 무척 불편했다.

자전거를 타고 달리니 자동차만큼 빠르지는 않지만 걷는 것에 비해 다리도 아프지 않고 속도감도 즐길 수 있어 좋다. 바닷가 도로를 달리다 보니 평지가 많아 힘들이지 않고도 자전거를 탈 수 있어 좋았는데 클립튼비치^{Clifton Beach} 전방부터는 언덕길을 달려야 해서 땀도 좀 난다. 자전거에는 기어가 달려 있지 않아 가끔 내려서 자전거를 끌고 가야 했지만 급경사는 거의 없고 완만한 경사라서 충분히 탈 만하다. 클립튼비치가 한눈에 들어오는 전망대에 다다르자 비치보다도 테이블마운틴과 그 오른쪽으로 병풍처럼 펼쳐져 있는 12사도바위산[12 Apostles]이 장관이다.

클립튼비치는 해변이라고는 하지만 그렇게 예쁘지도 넓지도 않다. 작은 모래사장 몇 개가 이어져 있는 모습이다. 오히려 해변보다 해변 주위를 둘러싸고 있는 주택과 호텔, 방갈로와 그 조경이 더 예쁘다. 우리나라에서 흔히 보는, 설계도도 없이 저렴하고 빠르게 지었을 것 같은 조립식 주택은 한 채도 보이지 않고 모두 멋진 조경까지 딸린 제대로 된 주택들이다. 주변 환경과 어울리게 지은 것은 말할 필요도 없다.

CAMPS BAY

해변, 산 중턱의 주택과 건물을 보고 있자니 자연스레 이곳이 아프리카란 걸 까먹게 된다. 시드니 바닷가 해안선을 따라 예쁘게 지어진 주택, 별장의 느낌과 조금도 다르지 않다.

클립튼비치를 지나 캠스베이에 들어서는 언덕에 다다른다. 언덕 위에서 바라보는 캠스베이비치는 하얀 모래가 반짝이는 예쁜 해변이다. 그 뒤로 건물들도 예쁘고, 테이블마운틴과 12사도 바위산 역시 장엄한 풍경을 선사한다.

전에 테이블마운틴 정상에서 바다를 바라볼 때 가장 예쁘고 넓은 해변이 바로 이곳 캠스베이였다. 산 위에서 볼 때나, 씨티사잇싱버스를 타고 가며 바라볼 때나 지금 언덕 위에서 바라볼 때 모두 예쁜 풍경이다. 특히 해변과 주택가 사이를 나누는 도롯가는 초록의 잔디밭과 야자수로 뒤덮여 심심하지 않고 편안한 느낌을 주는 것도 좋다.

캠스베이에 도착해 동네 구경하느라 이리저리 두리번거리는데 한 청년이 다가와 자전거를 반납할 것이냐고 묻는다. 난 생각지도 않게 자전거 반납지점에 도착해 고민 없이 자전거를 반납할 수 있었다.

원래 두 시간 치 돈을 내고 빌렸는데 아직 1시간 10분밖에 지나지 않았지만, 목적지에 도착했기 때문에 더 이상 자전거는 필요 없었고, 천천히 걸으며 동네를 경험하고 경치를 감상할 생각이었다. 자전거를 반납하고 나서 직원에게 '반납 확인서' 같은 것은 없느냐고 물었더니 그렇다고 했다. 살짝 개운하지는 않았지만 믿어보기로 했다.

자전거 브레이크 방식이 한국과 달라 끝까지 헤매기는 했지만, 꽤 재미있는 경험이었다.

캠스베이는 해변의 모래색깔이 하얀색이라서 파란 바다, 파란 하늘, 초록의 잔디밭과 너무 잘 어울린다. 그냥 해변만 바라보고 있어도 힐링이 되는 느낌이다. 자전거를 한참 탔기 때문에 갈증을 해소하고 잠시 쉴 겸 스타벅스에 들어가 커피 한 잔을 마신다. 점심은 주변의 한 식당에서 피자와 맥주로 했다. 피자 한 판을 혼자서 다 먹을 수 있는 능력을 갖고 있다는 것을 이때 비로소 알게 되었다.

바닷가에서 자전거를 타며 화창한 날씨에 멋진 경치를 감상하는 즐거움을 누린 후 버스를 타고 V&A 워터프론트로 향한다.

캠스베이

UP CYCLES에서 자전거 렌털

| 렌털 장소 및 운영시간
- Sea Point Pavilion(수영장 앞) 매일, 아침 일찍~일몰까지
- V&A Waterfront Silo 5(PWC 빌딩) 매일, 아침 9시~오후 6시 또는
  일몰 30분 전까지
- Camps Bay Promenade(Bay Hotel 앞) 매일, 아침 일찍~일몰 30분 전까지

※ 세 군 데 모두 아무 곳에서나 반납 가능

| 요금(CITY BIKES; 일반적인 자전거)
- **1시간** R90
- **2시간** R130
- **3시간** R180
- **반나절** R260
- **하루 종일**(일몰 전까지) R330
- MTB, E바이크는 예약 필수

※ 헬멧과 자물쇠는 무료 제공

| 홈페이지 www.upcycles.co.za

해가 어디 있는 거야, 남쪽은 어디?

여행을 마친지 한 달이나 지났는데 케이프타운 도시를 생각하면 아직도 동서남북이 헷갈린다. 왜 그런지 이유를 잘 모르겠는데 남쪽이 북쪽 같고, 동쪽이 서쪽 같다. 원래 어디를 가도 동서남북을 잘 찾는 편인데 케이프타운에서는 동서남북이 늘 헷갈렸다. 머리를 쓰려고 하면 스트레스를 받게 되어 아예 동서남북을 생각하지 않고 지도상의 위치만 떠올리면서 계획을 세우고 이동했다.

V&A 워터프론트가 있는 테이블베이가 북쪽인데 머릿속에서는 왜 남쪽이라고 생각하는지 모르겠다. 지도를 보면 테이블베이가 분명 북쪽에 있고, 그쪽이 북쪽이라고 나 자신에게 강제로 아무리 입력해도 머리는 자연스럽게 남쪽이라고 생각한다.

남아공은 남반구에 있다 보니 해가 적도를 따라 북동에서 북서쪽으로 이동하고, 한국인에게 태양은 남동에서 남서쪽으로 이동을 하는 것이 정상이다 보니 아무래도 여기서 오류가 발생한 것이 아닌가 싶다.

아무리 그래도 그렇지, 호주 여행 중에는 동서남북을 정확히 인지하고 여행을 했는데 유독 케이프타운에서만 방위를 헷갈린다는 것이 이해되지 않는다.

어찌 됐든 남아공은 남반구에 있어 해가 남쪽이 아니라 북쪽에 떠 있다는 것이 우리나라와 다른 점이다.

원래 이렇게 한산한 거리가 아닐 것 같은데·····, 여행자 거리 Long Street

원래 시내 한복판의 시끌시끌한 장소보다는 외곽의 조용한 곳을 선호하는 편인데 이번 여행은 좀 다르게 계획했다.

시내 한복판, 시티보울^{City Bowl}이라고 불리는 곳이 경제와 문화, 관광, 교통 등 여러모로 케이프타운의 중심가라서 평소 여행 같으면 숙박 장소로 피했을 테지만 치안이 좋지 않다는 정보를 접하고 나서는 되도록 이동 거리를 최소화하기 위해 오히려 중심가를 택했다. 이곳이 아니었다면 그린포인트나 씨포인트에 숙소를 예약했을 것이다.

여행자의 여행이 시작되는 곳, 롱 스트릿

시내에서 해외 여행자들이 많이 찾는 대표적인 지역은 롱 스트릿이다. 롱 스트릿 37번지가 있는 Strand Street 코너에서 240번지 St. Martini Church가 있는 구간이 대표적이다. 세계에서 몰러드는 여행자들을 대상으로 하는 만큼 여행자들에게 필요한 판매 시설들이 다양하게 갖춰져 있다. 한마디로 방콕의 카오산로드^{Khaosan Road} 같은 곳이다.

100년이 넘은 빅토리아풍의 건물들이 펍^{Pub}과 여행자용 백패커스 ^{Backpackers}로 이용되고 현대 고층빌딩과도 적당히 어우러져 있다. 한식당은 없지만 일식과 중식 등 아시안 식당, 피자, 햄버거가게, 고급 레스토랑

이 즐비하며, 10랜드 800원 정도에 즐길 수 있는 길거리 커피와 수많은 고급 커피숍, 맥주와 와인, 칵테일을 마실 수 있는 펍이 널려있어 여행자를 불러 모은다. 그뿐만 아니라 서점과 기념품점, 여행사, 씨티사잇싱버스 사무소, 렌터카사무소 등 여행자에게 필요한 시설들이 몰려있다.

롱 스트릿은 2차선으로 되어 있으나 남서쪽 한 방향으로 가는 일방통행 도로이다. 시빅센터Civic Centre에서 버스를 타면 롱 스트릿을 따라 남서쪽으로 운행하다 오렌지지시트Orangezicht나 가든스Gardens, 캠스베이Camps Bay로 가고, 시내로 돌아올 때는 롱 스트릿의 한 블록 서쪽에 있는 루프 스트릿Loop St.을 지나간다. 일방통행이기 때문에 버스가 됐든 택시나 우버가

Long Street

됐든 타고 내리는 곳을 미리 알아두면 좋다.

롱 스트릿이 여행자의 중심지가 된 또 하나의 이유는, 이곳이 문화와 교통, 역사, 경제, 관광의 중심지이기 때문이다. 인근에 컴퍼니스가든 Company's Garden, 보캅, 시청, 기차역, 시민회관, 디스트릭트6, 그린마켓, 캐슬오브굿호프 Castle of Good Hope, 다양한 박물관이 있다. 시내를 둘러싸고 있는 데블스피크, 테이블마운틴, 라이온스헤드, 시그널힐 등 모든 산으로의 접근이 쉽다.

롱 스트릿의 치안은?

한 마디로 크게 걱정할 필요는 없다.

케이프타운은 안전한 도시를 만들기 위한 일환으로 남아프리카 경찰국과 협력하여 CCID Central City Improvement District라는 제도를 운용하고 있다. 간단히 말해, 2000년부터 도시 중심부 일정 부분을 CCID라는 구역으로 획정하고 이곳을 개발하거나 안전한 장소로 만들기 위해 노력하고 있다.

롱 스트릿 주변과 컴퍼니스가든, 시청, 기차역, 시

빅센터 인근 등 1.6km²의 면적이 해당되며 해당 구역의 도로에는 50여 미터에 한 명씩 CCID 경찰이 배치되어 있다. 제복을 입고 있어 딱 봐도 경찰임을 쉽게 알 수 있고, 모자와 연두색 형광 엑스 반도, 워커, 곤봉 등을 착용하고 있다.

CCID 경찰

또다른 연두색, 주황색 형광 제복을 입은 사람도 도롯가에서 많이 발견할 수 있는데 이들은 주차요금 징수원이거나 청소부이다.

혹시라도 위험한 상황이 발생되면 CCID 경찰을 찾으면 되는데, 서로 가까운 거리에 배치되어 있기 때문에 어렵지 않게 도움을 청할 수 있다. CCID가 설립된 이후 해당 지역의 범죄율이 90% 감소했다고 하니 효과가 엄청나다.

실제로 민박집 경비 두 명에게 롱 스트릿이 얼마나 위험한지를 물었는데 그들은 이곳이 전혀 위험하지 않다고 말해서 적잖이 놀랐다. 심지어 밤에도 위험하지 않다고 했다. 그 이유가 바로 CCID 경찰들이 수두룩이 배치되어 있어서 그렇다고 하니 실제 범죄율 감소와 더불어 시민들이 체감하는 안전의식에도 큰 영향을 미치고 있음을 알 수 있다.

거리를 걷다 보면 쓰레기통마다 손을 넣고 뭔가를 찾아 꺼내는 사람들을 만날 수도 있고, 거리 한 편에 그냥 서서 시간을 보내는 사람도 있고, 거리 테이블에 삼삼오오 앉아 이야기를 나누는 사람도 만난다. 항상 같은 자리에 서서 지나갈 때마다 말을 거는 아가씨도 있지만 못 들은 체하고 그냥 지나가면 그걸로 끝이다.

여행자가 많지 않아서 그런지 백인은 많이 보이지 않는다. 대부분 흑인이지만 여행을 마치고 생각해보니 여행지에서 만났던 많은 사람이 흑인이었는지 아니었는지 기억이 잘 나지 않는다. 여행 전에는 '흑인들로 가득한 아프리카'를 경험하고 싶었는데 지나고 보니 '그런 경험을 했던가?' 하는 생각밖에 안 든다.

거리에서 전화 통화를 하거나 휴대폰을 다른 사람들이 볼 수 있게 휴대하면 소매치기나 강도를 당할 가능성이 크니 소지품은 항상 보이지 않는 곳에 둬야 한다는 정보를 접했었다. 하지만 이곳도 사람 사는 곳이라서 그렇게까지 꽁꽁 싸매고 다니지 않아도 된다.

길에서 전화 통화하는 사람, 사진 찍는 사람, 귀를 덮는 헤드폰을 착용하고 거리를 걷는 사람도 부지기수이다. 난 상황을 파악한 후 소지품을 적당히 노출도 하고 감추기도 하면서 주변 환경에 맞춰 사용했다. 실제로 롱 스트릿과 그 일대는 CCID 때문에라도 별로 위험해 보이지 않는다.

아침에 시원한 공기를 마시며 오래된 롱 스트릿을 걷다 보면 첫 해외

CCID 차량

여행지인 방콕의 카오산로드가 떠오른다. 롱 스트릿이 메인 도로이기는 하지만 100년이 훨씬 넘은 많은 건물, 오래된 거리에서 풍겨 나오는 낡은 모습과 냄새가 매우 흡사하다. 현재 이곳이 겨울로 접어드는 비수기라서 여행자가 많지 않지만 날씨가 따뜻해져 가는 봄부터 초가을까지는 세계에서 몰려든 수많은 여행자로 발 디딜 틈 없이 북적이고 들썩거릴 것이

LOOP STREET의 그래피티

다.

한 달 살기도 아니고, 아무래도 여행지는 좀 북적거려야 제맛이다. 새벽이든 일몰 후이든 안전 생각하지 않고 자유롭게 여행할 수 있는 케이프타운이 되면 정말 좋겠다.

롱스트릿

City Bowl

시티보울City Bowl은 케이프타운 도시의 중심부를 일컫는 별칭이다. 중심부에서 북동쪽으로는 테이블 베이에 접하고, 남서쪽에서 남동쪽으로 둥그렇게 시그널힐, 라이온스헤드, 테이블마운틴, 데블스피크가 이어져 도시가 접시처럼 생긴 데서 유래한다

-HOUR
NTROL CENTRE
415 7127

ETY & SECURITY
eb Hendricks
Y & SECURITY MANAGER
capetownccid.org
53 2942

AL DEVELOPMENT
ddy
AL DEVELOPMENT MANAGER
capetownccid.org
63 4289

AN MANAGEMENT
rd Beesley
N MANAGEMENT MANAGER
rd@capetownccid.org
00 8328

MUNICATIONS
n Sorour-Morris
UNICATIONS MANAGER
n@capetownccid.org
16 0835

COPIES OF OUR
KETING MATERIAL
Patandin
ECT COORDINATOR
@capetownccid.org
86 0830

CONTACT
T +27 (0) 21 286 0830
info@capetownccid.org
www.capetownccid.org

@CapeTownCCID
www.facebook.com/
CapeTownCCID
www.instagram.com/
CapeTownCCID

CAPE TOWN
CCID

**CAPE TOWN CENTRAL CITY
IMPROVEMENT DISTRICT**
www.capetownccid.org

Welcome to the Cape Town Central City

Tips on making your stay more enjoyable

SAFE, CLEAN, CARING AND OPEN FOR BUSINESS

CCID 리플렛

EMERGENCY NUMBERS

APS CT Central	**021 467 8002**
etro Police	**021 596 1999**
ying Squad	**10111**
mbulance	**10177**
re Department	**021 535 1100**
ll Emergencies	**107** (landlines only)
mergencies	**112** (cellphones only)
etcare 911 & NSRI	**082 911**
CID 24 hours	**082 415 7127**

귀국 시 코로나 검사는 어디서, 어떻게?

질병관리청의 정책에 따라 여행 기간이었던 2022년 6월은 해외에서 입국 시 코로나 검사를 받고 음성 결과를 제출해야만 항공기 탑승이 가능했다. 자유여행자인 나는 코로나 검사를 혼자만의 힘으로 해결해야 했다.

케이프타운 여행 후 귀국 시 출발일 0시 기준 48시간 이내의 PCR 검사 또는 24시간 이내의 전문가용 항원 검사에서 결과가 음성인 것을 요구했다. 단체여행은 가이드가 검사를 알아서 준비해주겠지만 개인여행이다 보니 혼자 해결해야 했고, 우리나라 사람들의 남아공에 대한 관심사가 적어 딱히 물어볼 곳도 없었다.

이때 필요한 도구가 구글맵이다. 구글맵은 맛집, 카페, 명소 검색만 하는 것이 아니다. 코로나 검사를 위해 구글맵의 검색창에 'COVID 19 Testing, cape town'으로 검색하면 지도상에 검사가 가능한 병원이나 검사소를 표시해준다. 지도에는 표시되어 있지만 실제로 운영하지 않거나 내가 원하는 검사가 아닐 수도 있으니 표시된 곳을 클릭해 해당 병원이나 검사소의 사이트에 들어가 실제로 검사를 받을 수 있는지, 금액은 얼마이고 걸리는 시간은 얼마나 되는지 등의 필요한 정보를 확인한 후 예약을 하거나 직접 방문해야 한다.

인천공항과 같이 공항에서도 일반적으로 검사를 할 수 있다. 다만, 검사 결과가 나오는 시간과 탑승시간 등을 고려해서 충분한 시간을 두고 예약하는 것이 좋다.

나는 케이프타운에서 코로나 검사를 월드컵경기장 바로 옆, 그린포인트크리켓클럽Green Point Cricket Club에 위치한 'COVID TESTING STATION'에서 했다. 정식

병원은 아니고 코로나 검사만 전문적으로 하는 1.5평 정도의 컨테이너 박스이다.
검사 예약을 인터넷으로 미리 신청했고 비용은 검사소에 방문하여 검사 직전에
결제했다. 당연히 PCR 검사보다 저렴하고 결과도 15분이면 알 수 있는 항원검
사를 받았고, 검사결과를 안내 받는 동시에 검사결과를 이메일로 받았다.
비용 240랜드(20,032원).

해외에서 한국 귀국 시
요구되는 사항들은 해
당 국가 주재 한국대사
관 홈페이지에 들어가
면 자세히 안내되어 있
으니 이를 참고하면 된
다.

월드컵경기장 옆
COVID Testing Station

이층 더블데커 씨티사잇싱버스

자유롭게 타고 내릴 수 있는 씨티사잇싱버스

지붕이 없는 2층 더블데커 버스,

이용 기간 얼마든지 타고 내릴 수 있는 버스,

도시의 주요 명소에 정거장을 설치하여 이 버스만 타도 도시 대부분을 관광할 수 있는 버스,

버스에서 이어폰을 이용해 도시와 명소에 대한 설명을 들을 수 있는 버스,

3개의 루트에 있는 모든 버스를 이용할 수 있는 케이프타운 투어버스.

바로 남아프리카공화국 케이프타운의 씨티사잇싱버스에 관한 소개이다.

전 세계 웬만한 대도시에는 모두 2층 투어버스가 운영되는데 씨티사잇싱버스가 없는 도시에는 빅버스^{Big Bus}라는 업체가 동일한 서비스를 운영한다. 버스는 정해진 루트를 달리고 이용자는 언제든지, 얼마든지 타고 내릴 수 있어 'Hop-on, Hop-off'이라고 묘사되는 이 버스는 처음 가는 여행지에서 본격적인 여행 시작 전에 하루 정도 이용하면 도시의 전체적인 모습을 머릿속에 그릴 수 있어 좋다.

이층버스가 드문 우리나라 사람에게 더블데커 버스는 신기하기도 한데다 명소를 편리하게 돌아볼 수 있어 한때 여행을 하면 일부러 이 버스를 타는데 재미를 붙이기도 했다. 문제는, 야심 차게 투어버스 이용 계획을 만들어놓고 한 번도 계획대로 온전히 활용을 못 했다는 것이다. 이번 케이프타운에서도 3일짜리 티켓을 구입했는데 블루라인 버스로 한 바퀴, 레드라인 버스는 한 정거장밖에 이용을 못 했다.

잘 못 탄 블루라인 버스

숙소가 롱 스트릿 끄트머리에 있고, 근처 81번지에 버스회사 사무소가 있어 도착 이틀째 되던 날 사무소에 가서 직접 티켓을 구입했다. 레드라

롱 스트릿 81번지의 씨티사잇싱 사무소

인 버스를 타고 바로 다음 정거장에 있는 테이블마운틴에 내려 케이블카를 탈 작정이었다.

겨울로 접어드는 시기라서 바람도 더 많이 불고, 비가 오는 날도 잦은데다 안개도 자주 산을 가리기 때문에 오늘처럼 화창한 날씨일 때 빨리 올라가기로 했다. 오후에는 비가 온다는 일기예보가 있지만 다행히 오전엔 날씨가 좋다.

빨간색 바탕에 노란색 글자가 쓰인 버스를 탔다. 바로 다음 정거장이 테이블마운틴이라서 10분이면 도착한다. 그런데 예상과 다르게 롱 스트릿의 끄트머리에서 오른쪽으로 방향을 틀지 않고 왼쪽으로 방향을 튼다. 뭔가 잘못됐다는 것을 눈치채고 투어버스 리플렛을 꺼내 루트를 확인해보니 빨간색으로 도색된 이 버스가 레드라인이 아니고 블루라인이었다. 다음 정거장에서 내릴까도 생각해봤지만, 도착 둘째 날인데다 치안이 좋지 않을 것이라는 생각에 '어차피 블루라인 탈 일정을 앞당겨서 지금 가지 뭐.'로 생각을 바꾸고 티켓 살 때 받은 이어폰을 버스에 꽂고 버스에서 나오는 설명에 귀를 기울였다.

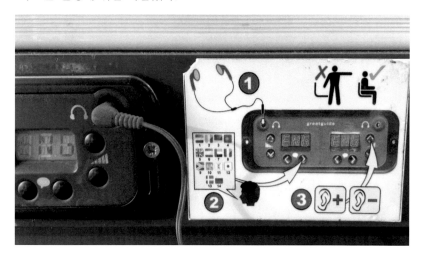

3일짜리 티켓을 구입했으니 어떤 버스를 타도 상관없기는 하지만 중요한 것은 비가 오지 않을 때 테이블마운틴에 올라가는 것이라서 이 점이 신경 쓰였다. 이어폰은 영어, 스페인어, 독일어, 프랑스어, 심지어 일어까지 있는데 한국어 설명이 없어 아쉽고 서운했다. 세계 어디를 가도 중국인 여행객을 많이 볼 수 있었는데 중국어 설명도 없는 걸 보니 아직은 중국인이 이 먼 곳, 케이프타운과는 딱히 역사적인 관계나 연고가 없을 뿐만 아니라 여행 목적지로서도 매력을 못 느끼고 있는 것이 아닌가 싶다.

버스를 확인 없이 탄 이유는 두 가지이다. 하나는 30여 년 전, 호주 시드니에서 탔던 씨티익스플로러버스City Explorer Bus, 지금은 빅버스로 바뀜 때문이다. 시내를 운행하는 빨간색 버스인 레드라인과 본다이비치 등 동부 해안까지 운행하는 파란색 버스 블루라인이 노선에 따라 버스 외장 색깔을 달리해서 운영했기 때문에 이곳 케이프타운의 투어버스도 당연히 그럴 것이라고 생각하고 무작정 빨간색 버스테이블마운틴에 가는 레드라인이라고 잘못 판단를 탔던 것이다. 또 한 가지 이유는, 나이를 먹으면서 확인하는 것을 자꾸 생략하는 것이다. 티켓이나 안내판 등에 있는 유의 사항이나 중요 안내를 제대

로 확인하지 않았다가 문제가 터지고 난 다음에 비로소 이를 알아차리면서 비용과 시간, 쓸데없는 생각 낭비를 하게 되는데 일상에서도 그렇고 심지어 낯선 여행지에서도 이를 반복한다.

버스의 앞 유리창과 탑승문 오른쪽 상단에 LED 안내판에 레드라인, 블루라인 표시를 해놓았는데 아무 생각 없이 오래전 경험에

만 의존하여 덜컥 버스에 탔다가 계획에서 벗어나는 일을 경험했다.

버스를 타자마자 2층으로 올라갔고 햇볕이 너무 따가워 천장이 일부 있는 앞쪽 중 맨 앞줄 의자에 앉았다. 다른 한국인 2명을 제외하고, 모든 탑승자는 그늘이 없는 중간 이후의 자리에 앉아있다. 서양인이라서 일부러 햇볕을 쬐기 위해 햇볕이 있는 장소를 선택하지 않았을까.

롱 스트릿을 벗어난 버스는 오른쪽에 데블스피크와 테이블마운틴을 끼고 달리는데 왼쪽에는 시내가 한눈에 내려다 보여 이런 곳에 전망대가 있으면 좋겠다는 생각이 든다.

버스는 바위산으로 되어 있는 데블스피크 바로 코앞 도로를 달리고 있는데 생각했던 것보다 위압적이지 않다. 1,000미터의 산이 바로 앞에 있으면 엄청 높아 보이고 거대하게 느껴질 것이라 생각했는데, 지금 사는 한국의 300미터짜리 동네산과 비교해서 별 차이를 느끼지 못하겠다.

도로는 편도 이차선이고 자동차가 별로 없어 한산하다. 차도 별로 없고 날씨가 화창해서 그런지 자동차 렌트를 해도 괜찮지 않을까 긍정적인 생각을 해보기도 한다.

커스텐보쉬에 가까워져 가며 도로의 좌우는 키가 엄청나게 큰 나무들로 뒤덮인다. 하늘이 보이지 않을 정도의 울창한 산림이다. 그러고 보니 시내에서 여기까지 오면서 보이는 풍경은 우리나라와 별로 다른 점이 없다. 앞과 옆 어디를 봐도 초록초록한 풍경이라서 내가 진정 아프리카 땅에 있는 것인지 분간이 안 된다. 이 아름다운 땅에 네덜란드인과 영국인들이 번갈아 가며 정착을 한 이유는 물어보지 않아도 알 수 있겠다.

커스텐보쉬에서 트리 캐노피 워크웨이를 보기 위해 내렸다 탔다. 버스는 와이너리 투어를 하기 위해 많은 사람이 찾는 그룻컨스텐시아Groot Con-stantia에 10여 분간 정차하여 와이너리를 잠깐 둘러볼 수 있도록 해주었다.

인터넷에서는 하우트베이에 대한 많은 동영상과 이야기가 있어 꼭 가보고 싶었던 장소 중 하나였는데 막상 가보니 딱히 특별한 매력을 느끼지 못했다. 해변과 주변 풍경이 다른 곳과 비교해 특별한 점을 찾지 못하겠고, 이곳에 사는 물개 역시 내 관심사가 아닌데다 좋은 식당에서 맛있다는 음식을 먹기 위해 이 먼 곳까지 찾는 일은 시간과 비용 낭비라고 생각했다.

하우트베이를 떠난 버스는 캠스베이, 그린포인트 등이 있는 서부 해변을 돌아 출발지인 V&A 워터프론트로 간다. 버스가 바닷가를 달릴 때는 왼쪽의 바다와 오른쪽의 산을 한눈에 볼 수 있는 데다 경치 자체가 아름다워 눈을 뗄 수가 없다. 우리나라에서는 익숙하지 않은 바위산과 절벽, 파란 하늘과 바다, 그리고 해안가에 밀려드는 파도의 새하얀 포말, 초록의 나무와 풀, 동글동글하지만 커다란 바위들이 이색적이고 아름답다.

하우트베이

파도 때문에 물안개가 만들어지고, 물안개가 낀 바닷가는 봄날의 아지랑이처럼 간질간질하다. 이런 풍경의 도로 위에는 조깅으로 달리는 사람도 있고 자전거를 타는 사람도 있다. 나도 동참해보고 싶지만 여긴 케이프타운이라서……

캠스베이는 테이블마운틴 꼭대기에서도 눈에 확 들어오는 해변인데,

버스가 이곳을 지나면서 잠깐 보니 너무 앙증맞고 깜찍해 보이는 작은 마을이다. 건물이 주로 2, 3층으로 되어 있어 조용하고 평온해 보이는 데다 도롯가에는 팜트리가 줄지어 서있고 그 너머에 초록의 잔디밭과 하얀 해변이 놓여 있다. 해변에 바닷물이 들락거리는 풀장을 따로 만들어 놓은 것도 보이는데 특이하면서도 좋은 아이디어라는 생각이 든다.

버스는 계속해서 해안선을 따라 그린포인트, 씨포인트를 지난다. 일반적으로 '아프리카 하면 사막과 더위'를 떠올리는데 케이프타운을 넓게 한 바퀴 돌면서 본 이곳은 우리나라와 별로 달라 보이지 않아 아프리카라는 생각이 들지 않는다. 오히려 해변과 바닷가 절벽 등에 예쁜 주택과 건물이 많아 유럽이나 호주 시드니의 부촌 같은 느낌이다.

씨티사잇싱버스 블루라인의 시작이자 마지막인 V&A 워터프론트에 도착한다. 아쿠아리움 앞에 있는 티켓 사무소는 길 한가운데에 자리 잡고 있어 뜬금없지만 찾기 쉽다.

다른 도시에서와 달리 케이프타운의 씨티사잇싱버스 루트는 레드라인과 블루라인이 서로 절반 이상 겹친다. 레드라인은 해안가보다는 캐슬오브굿호프와 디스트릭트식스District 6, 우드스탁 등을 포함하여 시내 위주로 운영을 하는 것이 더 차별성을 두는 것은 아닐까 생각해본다.

이런 곳에서 한 달 살기 어떨까, 캐널크루즈^{Canal Cruise}

2일이나 3일짜리 씨티사잇싱 티켓을 구입하면 캐널크루즈(R59)와 하버크루즈(R59), 선셋버스(R160)가 무료로 제공된다.

캐널크루즈는 V&A 워터프론트와 컨벤션센터를 운하를 따라 왕복하는데 선착장이 단 두 군데이지만 버스와 마찬가지로 몇 번이고 자유롭게 타고 내릴 수 있으며, 운하 주변의 아름다운 경치를 감상할 수 있다.

크루즈라고 이름을 붙였지만 아주 작은 보트이고 외형도 평범해서 이름이 너무 거창하게 느껴진다. 개인적인 의견이지만, 좀 더 현대적이고 깔끔한 인테리어의 보트가 필요해 보인다.

V&A 워터프론트의 캐널크루즈 선착장

출발장소 원 앤드 온리 케이프타운^{One & Only Cape Town} 뒤편 선착장(아쿠아리움을 끼고 이정표를 따라 선착장으로 이동), 컨벤션센터

운영시간 오전 9시부터 오후 5시까지 30분 또는 60분 간격으로 운행

소요시간 왕복에 25분

1.5km 정도 길이의 운하는 보트가 물결이 거의 일지 않을 정도로 천천히 컨벤션센터까지 갔다가 다시 돌아온다. 잔잔히 운행하는 보트를 타고 있어 조금 심심하게 느껴질 수도 있지만 운하 주변의 경치가 아름다워 눈이 바쁘다.

보트가 지나고 있는 운하 주변은 고급 호텔과 주택이 즐비하다. 한눈에 봐도 고급 건물이라는 것이 느껴질 정도로 건물과 조경이 예쁘고 화려하다. 운하를 따라 걸을 수 있는 길이 놓여 있고 건물 앞 선착장에는 작은 보트나 카약이 있다. 보트에 탄 채, 멀리 보이는 데블스피크와 테이블마운틴을 감상하는 것도 즐겁다.

조금 심심했던 하버크루즈^{Harbour Cruise}

홈페이지에는 하버크루즈에 대해 자세히 설명되어 있지 않아 어떤 루트로 운행하는지 궁금했다. 캐널크루즈에서 내려 V&A 워터프론트에서

캐널 주변의 예쁜 주택

잠시 시간을 보내다가 다시 하버크루즈에 탔다.

출발장소 아쿠아리움 바로 뒤편 선착장
운영시간 오전 10시부터 오후 5시까지 30분 간격으로 운행
소요시간 25분

보트는 클락타워 다리Clocktower Bridge를 지나 빅토리아 배신Victoria Basin까지 나갔다 돌아오는 짧은 루트이다. V&A 워터프론트와 주변 풍경을 감상하는 것도 좋지만 좀 더 멀리 있는 데블스피크, 테이블마운틴, 라이온스헤드, 시그널힐 등을 모두 한눈에 볼 수 있는 것이 하이라이트로 보인다. 우리나라 같으면 불가능하겠지만, 높은 건물이 많지 않은 케이프타운

하버크루즈

이라서 5km 정도 떨어진 곳에 있는 산들을 바다에서 한꺼번에 감상하는 것은 선물 같은 풍경이다.

특히 신기한 것은, 인터넷과 잡지 등에서 많이 봤던 테이블마운틴 꼭대기에 걸린 구름을 내 눈으로 직접 목격한 것이었다. 하늘에 구름이 지나다니는 길이 따로 있지 않을 텐데 굳이 산 위에만 구름이, 그것도 평평한

산꼭대기를 따라 구름도 옆으로 길쭉하게 걸려있는 건 정말 특이한 모습이다. 정말로 테이블에 구름으로 만든 식탁보가 깔린 형상이다.

구름이 깔린 테이블마운틴은 정말 신기했지만, V&A 워터프론트를 여러 차례 돌아다녀서 그런지 많이 특별하지는 않다. 캐널크루즈와 마찬가지로 크루즈라는 이름을 붙인 것이 과하게 느껴진다. 하지만 금액이 비싸지 않으니 날씨 좋은 날 한번 경험해보는 것도 좋겠다.

선셋버스

하루에 크루즈를 두 번 타고 선셋버스까지 타려고 욕심을 부렸는데 시간이 부족했다. 4시 50분에 씨티사잇싱버스 사무소에 들러 선셋버스를 타고 싶다고 했더니 조금 전에 떠났다고 한다. 운영 요일만 기억하고, 미

하버크루즈에서 만난 테이블보 덮인 테이블마운틴

리 출발시간을 확인해 놓지 않은 것이 화근이었다.

출발장소 아쿠아리움 앞 씨티사잇싱버스 사무소(사무소-시그널힐 왕복)

운영일 및 운행시간 화, 목, 토요일 오후 4:45(탑승 전에 시간을 미리 확인받아야 함)

소요시간 약 3시간(시그널힐에서 8시경에 시내로 되돌아옴)

시내에서 우버로 시그널힐까지 편도 100랜드 정도이니 선셋버스로 왕복 160랜드이면 괜찮은 요금이다.

씨티사잇싱버스를 활용하여 계획을 잘 구성하면 이 업체에 딸린 다른 투어들까지 저렴한 비용에 시간도 효율적으로 보낼 수 있는 여행을 할 수 있다. 케이프타운뿐만 아니라 전 세계 웬만한 대도시는 씨티사잇싱버스와 같은 2층 더블데커 버스를 운영하니 여행 전 투어버스를 염두에 두고 여행 계획을 세워보면 어떨까?

씨티사잇싱버스

캐널/하버크루즈

씨티사잇싱버스

| 사무소 위치
- · V&A Waterfront(Two Oceans Aquarium 앞)
- · 롱 스트릿 81번지(81 Long Street)

| 버스티켓 구입방법
인터넷으로 홈페이지에서 예약(할인받을 수 있어 가장 저렴), V&A 워터프론트 또는 롱 스트릿 사무소, 씨티사잇싱버스, 호텔 컨시어지

| 첫 출발버스의 주요 장소 출발시간
- · Red City Tour(레드라인) 08:30(아쿠아리움)-08:50(롱 스트릿 81번지)-09:54(그린포인트)-10:00(아쿠아리움)
- · Mini Peninsula Tour(Blue Tour; 블루라인) 09:00(아쿠아리움)-09:12(롱 스트릿 81번지)-09:40(커스텐보쉬)-10:13(그룻콘스탄시아)-11:25(캠스베이)-11:46(그린포인트)-11:50(아쿠아리움)

| 요금 및 상품별 포함 사항
- · 하나의 티켓으로 3개의 버스 루트를 모두 이용할 수 있는 것은 기본
- · 1일(Classic Hop On-Hop Off Ticket) R249.00, 워킹투어, 1일간 무제한 탑승
- · 2일(Premium Hop On-Hop Off Ticket) R329.00, 워킹투어, 2일간 무제한 탑승, 캐널크루즈또는 하버크루즈 선택 1, 선셋버스투어
- · 3일(The ultimate Cape Town 3 Day adventure) R389, 워킹투어, 3일간 무제한 탑승, 캐널크루즈, 하버크루즈, 선셋버스투어

| 홈페이지 citysightseeing.co.za

Free Walking Tour로 시내 둘러보기;
시티사잇싱, 프리워킹투어즈

케 이프타운에서 프리워킹투어를 처음으로 경험했다. 그
것도 세 번씩이나.

보캅에 나 혼자 가는 걸 도시락 싸서 따라다니며 말릴
것 같은 현지인들이 여럿이어서 혼자 가보는 것에 너
무 쫄았다. 시내 관광은 어디를 어떻게 다니는 것이 효율적인지 모르겠
고, 마찬가지로 키 작은 동양인 하나가 길거리를 배회하다가 혹시라도 위
험에 처하면 안 되겠다는 생각에 투어에 참여했다.

프리워킹투어는 전 세계적으로 대부분의 주요 도시에서 운영되고 있으며, 케이프타운에는 2개의 업체^{씨티사잇싱, 프리워킹투어즈}가 서비스를 제공하고 있다. 우리나라에도 프리워킹투어를 검색할 수 있는데 실제로 보면 비용을 지불해야 하는 투어 상품인 데 반해, 케이프타운의 두 업체는 정말 '공짜'로 투어를 운영한다. 그렇다고 정말 공짜는 아니다. 공짜인데 공짜는 아닌, 공짜 같은 투어이다. 미리 책정된 금액은 없지만 '팁'을 줘야 하는 것이라서 오히려 이것이 심적 부담을 줄 수도 있다. 나 같은 성격에는 그냥 요금 정해놓고 운영하는 업체의 상품을 선택하는 편인데 두 업체가 모두 팁을 베이스로 운영하는 투어라서 할 수 없이 해당 투어를 선택할 수밖에 없었다.

아쉬웠던 점은, 영어로 진행되는 투어이다 보니 설명을 제대로 이해하지 못한 것과 가이드나 다른 참가자에게 하고 싶은 말을 자유롭게 말하지 못해 재미가 좀 없었다는 것이다. 심지어 보캅투어에서는 참가자가 나 혼자라서……. INTJ 성격에 지금 생각해도 땀이 난다.

하지만 이 점은 미리 작정하고 갔던 것이라서 눈치 보는데 힘들긴 했지만 나름대로 실속도 있었다. 가끔 들리는 키워드 같은 영어 단어에 상상력을 더해 조각조각 퍼즐 맞추듯 이해하곤 했다. 혼자 다니기는 좀 위험할 수 있는데 현지인 가이드, 다른 참가자들과 함께 무리를 이뤄 이동하니 위험하다는 생각이 전혀 들지 않아 편안한 이동이 가능했다.

씨티사잇싱 City Sightseeing free walking tours

업체 홈페이지에서는 씨티사잇싱버스 티켓이 있어야 프리워킹투어에 참석할 수 있다고 적혀있다. 하지만 '어차피 무료로 운영되는 워킹투어이니까 버스 티켓이 없어도 가능하지 않을까?' 하는 생각을 했는데 그게 맞았다. 가이드는 버스 티켓을 확인하지 않고 투어에 참가하고 싶은 지만 묻고 투어를 시작한다.

보캅투어와 씨티투어를 한 번씩 총 두 번 참가했는데, 두 번의 투어 모두 셸던Sheldon이라는 가이드와 함께했다. 출발은 모두 롱 스트릿 81번지 사무소에서 시작된다.

보캅투어는 참가자가 나 혼자밖에 없어 좀 힘들었다. 나는 그의 말을 거의 이해하지 못하는데 그는 너무나 열정적인 가이드였다. 모르는 척하는 건 동방예의지국의 한국인답지 않다고 생각되어 몰라도 아는 척, 알면 더 큰 반응을 해주는 등 본의 아니게 힘든 1:1 투어였다.

다음 날엔 씨티투어에 참가했는데, 루트는 롱 스트릿 사무소-그린마켓 -Slave Lodge(iziko museum)-캔터베리 스트릿^{Canterbury St.}의 챨리 빵집 ^{Charly's Bakery} 앞-시청-꽃시장 순이 다. 전날 보캅투어와 달리 미국 인과 유럽인 등 총 여섯 명이 투 어에 참가하여 한결 편안한 투어 를 즐겼다. 기억력 좋은 셸던은 사무소에서 나를 보자마자 반가 워하며 다른 참가자들에게 나를 자기 친구라고 소개한다. 나도 그를 이틀째 연속으로 만나니 오 래 알던 친구처럼 반갑다.

롱 스트릿 사무소 근처의 그린마켓에서 본격적인 투어가 시작되고, 역 사적인 장소와 인기 있는 장소, 테이블마운틴이 잘 보이는 장소 등 골고 루 둘러본다. 캔터베리 스트릿의 챨리 빵집 앞 주차장 모퉁이에도 W&A 워터프론트와 시그널힐에 있는 노란색 대형 철재 액자가 있고, 투어 참가 자는 한번씩 돌아가며 테이블마운틴을 액자 배경으로 하여 사진 찍는 시

간도 갖는다.

시청 정면의 중앙 입구는 양쪽에서 계단을 올라가야 하는데, 그곳 중앙 난간에 넬슨 만델라 전 대통령이 오른손을 들고 있는 동상이 있다. 우리 참가자들은 모두 돌아가며 독사진을 찍는데 내 사진은 미국인 여성의

휴대폰으로 찍게 되었다. 이후 시청에서 꽃집으로 이동하는데도 사진 얘기가 없길래 사진을 달라고 부탁했더니 줄 방법을 고민하는 모습이 보였다. 난 그녀가 아이폰을 갖고 있는 걸 보고 '에어드랍AirDrop'으로 내 휴대폰을 검색 시킨 후 블루투스로 전송해달라고 부탁했다. 에어드랍을 타인 휴대폰과 처음

씨티홀의 만델라

으로 연결한 것이었는데 해외에서 경험하게 될 줄은 몰랐다.

건물 내부에 들어가지 않고 외부만을 둘러보는 투어라서 조금 아쉽기는 했지만 안전하고 편안한 투어를 할 수 있는 것만으로 만족했다. 여행 전 책과 인터넷 등으로 케이프타운 시내의 전체적인 위치와 스토리 등을 파악했고, 투어에서는 상상력을 발휘하여 조각난 정보를 꿰맞추는 것도 재미있었다.

아쉬운 점이 있다면, 영어로 이해하거나 말하는 데 어려움이 있어 가이드 셸던 및 다른 참가자들과 좀 더 교류하지 못했다는 것이다. 4차 산업혁명시대가 좀 더 발전하면 영어를 몰라도 큰 불편 없이 다른 언어의 사람들과 소통하면서 재미있게 투어를 할 수 있는 날이 올까?

보캅투어에서는 참가자가 나 혼자인데도 너무 열심히 가이드를 한 셸던에게 너무 고마워서 200랜드를, 이틀째인 오늘 씨티투어는 나 말고도 다섯 명의 참가자가 더 있어 100랜드만을 팁으로 건넸다. 팁의 금액이 많은지 적은지 잘 모르겠지만 팁은 내 맘대로 주는 것이니까…….

프리워킹투어즈 FREE WALKING TOURS IN CAPE TOWN

프리워킹투어의 또 다른 업체는 프리워킹투어즈이다. 첫 투어로 보캅투어를 하기 위해 업체를 찾아가다 길이 꼬여 결국 포기하고 씨티사잇싱 사무소로 찾아갔었다.

끝까지 구글맵을 보고 찾아갔으면 어렵지 않게 찾아갔을 텐데 쓸데없이 세인트 조지스 몰 St George's Mall에 다다랐을 때 거리에 있는 이정표를 보고 쫓아갔다가 길이 꼬였다. 알고 보니 프리워킹투어즈는 2022년 1월 출발 장소를 현재의 처치스퀘어 Church Square 앞으로 옮겼고, 이정표는 이를 아직 반영하지 못한 결과였다.

씨티사잇싱의 보캅투어, 씨티투어에 이어 프리워킹투어즈의 씨티투어에 다시 참가했다. 전에 씨티사잇싱을 통해 투어를 했지만, 투어 할 때는 재미있었는데 끝나고 나서 생각해보니 컴퍼니스가든에도 가지 않았고, 캐슬오브굿호프에도 가지 않은 등 뭔가 좀 부족함을 느꼈다.

이번엔 프리워킹투어즈가 있는 장소를 제대로 찾아갔다. 피델리 피자집Fideli's을 찾아갔는데 자세히 보니 피자집이 아니다. 피자Pizza가 아니라 이탈리아 말로 피아자Piazza, 즉 '광장'이라는 뜻의 이름을 가진 건물의 1층에 있는 피델리 Fideli's라는 식당이다. 이 식당 앞에 작은 광장 처치스퀘어가 있으며, 건물 이름에 피아자가

들어가는데 얼핏 보고 피자라고 생각해 계속해서 피자가게를 떠올렸다. 커스텐보쉬의 붐슬랭을 부메랑으로 착각하던 것과 같은…….

식당 바로 왼쪽에는 야외 테이블이 있는 안뜰 같은 공간이 있다. 미리 도착 한 투어 참가자는 이곳에서 기다리고 있었고, 방명록에 간단한 인적 사항을 기재하고 서명하도록 안내 받는다. 오늘 투어는 더 많은 사람이 참가하여 총 여섯 명이나 되고, 심지어 남성 참가자 더 많아 나까지 네 명

Church Square 앞 투어시작 장소

이나 된다. 나처럼 혼자 참석한 조하네스버그에서 온 20대로 보이는 젊고 키 작은 청년도 있다.

투어는 광장 탑 앞에서 녹색 우산을 들고 사진을 찍는 것으로 시작되었다. 가이드 제니퍼^{Jeniffer}는 많이 마른 체형을 가졌는데 그런 외모와는 달리 목소리에 힘이 있을 뿐만 아니라 상당히 열정적이고 위트도 있으며 익살스러운 표정과 제스처를 적절히 구사하는 노련한 가이드였다.

이번 투어는 광장에서 시작해 곧바로 시청-캐슬오브굿호프 앞-컴퍼니스가든-광장을 순서로 이동했는데, 지난 투어에서 가지 않았던 새로운 장소들을 다니며 두 번째 투어에 참가하기를 잘했다는 생각을 했다.

투어 중에는 혼자 참석한 청년 말로카^{Maloka}와 이런저런 대화를 나눌 수 있었다. 투어 참가자 대부분은 친구나 연인, 가족과 함께하다 보니 혼자 여행하는 사람이 그들과 대화를 나눌 기회가 별로 없다. 하지만 조벽에서 출장 왔다가 이번 투어에 혼자 조인한 말로카가 있어 그와 같이 걸으면서 남아공에 대해 궁금한 것들을 묻고 대답을 들을 기회가 주어져 좋았다.

시티투어 중 말로카와 함께

Company's Garden

지난 투어와 달리 시청 앞에서 만델라 동상과 사진을 찍는 시간은 주어지지 않고 제니퍼의 열정적인 설명만 이어진다. 광장을 돌아 캐슬오브굿호프 앞까지 가서도 성에 들어갈 생각은 하지 않고 멀찍이 떨어진 길 건너 시청 앞 광장 가에서 오랜 시간을 설명한다. 참가자들이 직접 경험할 수 있는 프로그램을 추가하면 좋겠다는 생각이 든다.

다시 시청 앞을 가로질러 이지코 박물관Iziko Slave Lodge 뒤편, 남아프리카공화국 의회를 지나 컴퍼니스가든Company's Garden으로 향한다. 이곳은 내가 묵고 있는 숙소 바로 뒤에 있어 가깝지만, 혹시 위험할까 싶어 가지 못하고 있었는데 막상 가보니 평화롭고 전혀 위험해 보이지 않는다. 여름이 지나 겨울로 접어들고 있어 꽃은 많이 졌고 나뭇잎 색도 약간 바랜 것 같은 느낌이 들지만 잘 가꾸어지고 있다.

남아프리카공화국 첫 번째 정원인 컴퍼니스가든은 170여 년 전, 1848년 국가 정원으로 지정되었고 이름은 17세기 케이프타운에 정착한 네덜란드 동인도회사의 이름에서 따왔다. 이름 관련해서 궁금한 점 하나는, 구글맵이나 케이프타운시 홈페이지와 시 관광청 책자 등에서는 모두

The Company's Garden이라고 표기하는데 정작 컴퍼니스가든 내의 안내판에는 The company Gardens라고 되어 있다.

'당사자들이 두 가지 모두 혼용해서 사용하니 외국인인 우리가 이름을 좀 다르게 불러도 뭐라 하지는 않겠지.'

정원 주변에는 17세기 동인도회사 시절의 건물도 많이 남아 있다. 몇몇 나무와 식물들은 키가 거대하다. 그도 그럴 것이 케이프타운이 마더 시티인데다 300년 넘게 자란 나무는 키가 클 수밖에……

프리워킹투어

컴퍼니스 가든 옆 보행로에 남아 있는
백인전용, 흑인전용 벤치

프리워킹투어

| 씨티사잇싱 City Sightseeing free walking tours

- **씨티투어** Historic City Tour(Old Town): 출발시간 10:00, 14:00
- **보캅투어** Vibrant Bo-Kaap Tour: 출발시간 12:00
- 공통사항
  - **시작 위치** 81 Long Street ticket office
  - **투어 시간** 90분
  - **홈페이지** www.citysightseeing.co.za/en/cape-town/cape-town-by-foot
  - 누구나 조인 가능, 예약 필요 없음, 무료이지만 약간의 팁 필요

| 프리워킹투어즈 FREE WALKING TOURS IN CAPE TOWN

- **씨티투어** HISTORIC CITY TOUR: 출발시간 11:00, 14:00
- **보캅투어** BO-KAAP WALKING TOUR: 출발시간 14:00
- **아파르트헤이트투어** APARTHEID TO FREEDOM TOUR: 출발시간 11:00, 14:00
- 공통사항
  - **시작 위치** Fideli's(3.1 Piazza, Parliament Street)
  - **투어 시간** 90분
  - **홈페이지** freewalkingtourscapetown.co.za
  - 누구나 조인 가능, 예약 필요 없음, 무료이지만 약간의 팁 필요
  - 날씨와 관계없이 365일 운영
  - 식당 피델리를 찾아가서 방명록에 인적사항 기재하고 서명
  - 녹색 우산을 든 가이드를 따라 투어 시작

비싼 통신사 로밍 안 하고, 번호 바뀌는 현지 유심^{USIM} 안 사고, 포켓와이파이도 아닌데 해외에서 데이터 사용을, 그것도 편리하고 저렴하게?

해외여행에서 통신기기의 데이터 이용은 필수적인 필수가 된 지 오래다. 아니, 데이터 없는 해외여행은 상상할 수 없다.

이번 여행은 기간이 길지 않기 때문에 하루 12,000원인 통신사 로밍을 이용할 계획이었지만 실제 여행에서는 이심^{eSIM}을 구입하여 사용했다. 해외여행 할 때마다 늘 같은 것을 사용하지 않고 여행의 기간이나 상황에 따라 가장 적절한 것을 선택하는 편인데, 출발 한참 전부터 인스타그램에 '로밍도깨비'라는 업체의 이심에 대한 광고가 계속 보여서 호기심에 들어갔다가 결국 이걸로 결정했다.

통신사 자동로밍은 가장 간편하지만, 여행 기간이 길어질수록 너무너무 비싸진다. 3박 4일 정도는 비용을 충분히 지불할 의사가 있지만 7박 9일은 9일간의 비용을 내야 하므로 10만 원이 넘는다.

포켓와이파이는 통신사의 로밍에 비해 절반 정도의 저렴한 가격으로 안정적인 와이파이를 이용할 수 있는 장점이 있지만 별도의 와이파이 기계를 소지하고 다녀야 하는 데다 일정 시간마다 배터리를 충전해야 하는 불편이 있다. 늘 가방을 소지하는 경우라면 큰 불편은 없겠지만 이번 여행은 맨손으로 다녀야 해서 포켓

와이파이는 탈락!

현지 유심은 완전 저렴하다. 단점은 내 휴대폰의 번호가 현지 국가의 번호로 바뀌는 바람에 한국 전화번호로 오는 전화나 문자를 전혀 받을 수 없다는 점이다. 여러분의 휴대폰에 현지 유심을 끼워 사용하면 한국 전화를 사용할 수 있고 현지 유심이 끼워진 휴대폰은 데이터를 사용할 수 있어 좋지만 두 개의 휴대폰을 사용해야 하는 불편이 따른다. 현지 유심은 현지에 도착한 후 공항에서 사는 것과 여행 전 우리나라에서 인터넷으로 미리 구입 후 현지에 도착해 휴대폰에 직접 끼워 활성화시키는 방법이 있다.

이심eSIM도 많이 저렴한 편이다. 단, 아이폰 XR, XS, 11 이상의 단말기에서만 지원되는 단점이 있다. 사용 방법은 와이파이도시락, 로밍도깨비, 해외 이심 업체의 앱을 다운받은 후 원하는 상품을 결제하고 '설정〉셀룰러〉셀룰러요금제 추가'를 선택하여 이심을 추가하면 된다. 이때 앱에서 보여주는 QR코드를 찍어서 자동으로 추가하면 되는데, 여행이 끝난 후에도 이해가 안 되는 것이 바로 이 점이다. 사용할 휴대폰에 넣기 위해 설정에서 QR코드를 사진 찍어 추가해야 하는데 이 QR코드는 내 휴대폰에 있기 때문에 한 휴대폰의 QR코드를 그 휴대폰으로 사진 찍어 추가하는 것이 어떻게 가능하다는 것인지. 결국 사용할 휴대폰의 QR코드를 캡처해서 태블릿에 보낸 후, 태블릿 화면에 QR코드를 띄워놓고 사용할 휴대폰으로 사진을 찍어 휴대폰에 요금제를 추가했다. 아무래도 이게 좀……. 정상적으로 추가가 되면 메인이 되는 원래 휴대폰의 요금제와 추가된 요금제 등

두 개의 회선이 생성되는데, 전화는 메인회선으로 사용하고 보조회선은 데이터로 사용하면 된다. 유심과 이심, 두 개의 심카드를 사용하는 것이기 때문에 휴대폰 화면 상단에는 두 개의 전파 세기 표시와 통신사가 표시된다. 전화는 메인회선 즉, 원래 휴대폰 번호로 사용을 하니 한국에서 온 전화와 문자를 모두 받을 수 있고 내가 전화를 걸 수도 있다. 카톡, 구글맵, 네이버, 다음, 인스타그램, 페이스북, 유튜브 등 데이터를 사용하는 앱은 자동으로 보조회선에서 사용되기 때문에 뭘 따로 건드리지 않아도 자유롭게 이용할 수 있다.

나에게 이심은 이심에 문제가 있는 건지, 남아공의 통신서비스에 문제가 있는지 모르겠는데 일반적으로 속도가 너무 느리고, 어느 시점에서는 갑자기 속도가 완전히 저하되어 제대로 사용할 수가 없어 데이터 이용에 엄청난 스트레스를 받았다. 한참 지나 생각해보니, 사진을 찍으면 자동으로 아이클라우드^{iCloud}에 사진이 업로드 되도록 설정이 되어 있어 데이터가 자동으로 사진 올리는데 모두 소진되지 않았나 생각이 들었다. 하지만 셀룰러 환경에서 사진 업로드가 되지 않고 와이파이 환경에서만 업로드하는 것으로 설정을 변경했는데도 휴대폰의 데이터 속도가 여전히 너무 느려 지금도 그 이유가 너무나 궁금하다.

또, 인천에서 케이프타운에 가면서 에티오피아 아디스아바바공항에서 경유^{Layover}하는데 데이터가 작동하지 않아 고민에 빠진 적도 있다. 남아공에서도 작동하지 않으면 어쩌나, 에티오피아는 서비스가 안 되는가 등등 고민했는데 케이프타운에 도착하고 나서 느리지만 그래도 데이터가 정상적으로 작동을 해서 안심했다.

나중에 보니 에티오피아는 이심 서비스 국가에서 제외되어 있었다.

난 이심 업체를 '로밍도깨비'로 선택했지만 '와이파이도시락'이나 해외 업체를 통해서도 구입할 수 있다. 휴대폰을 하나만 갖고 다니면서 한국 휴대폰 번호와 해외 데이터를 모두 사용할 수 있어 간편하다.
하지만 익숙하지 않은 서비스를 이용하는 경우, 반드시 사용 방법을 철저히 확인하여 불편을 겪지 않도록 유의해야 한다.

로밍도깨비 10일 38,800원, 글로벌 146개국 상품, 하루 500MB(매일) 제공

세인트 조지 대성당 옆
An Arch for Arch
(투투 대주교^{An Arch}를 기리기 위해
제작한 조형물. 재료는 나무)

시내에서 이동은 시내버스 마이시티MyCiTi 이용

버스 운영 체계

이프타운의 대중교통은 마이시티라고 불리는 시내버스와 택시가 전부인데 여행 기간 내내 택시는 딱 한번밖에 보지 못했다. 오히려 우리나라와 달리 우버가 대중교통처럼 광범위하고 활발하게 운영되고 있다.

버스 운영체계 중 우리나라와 다른 한 가지는, 몇몇 버스 탑승장은 승

강장 형태가 아니라 역^{Station}의 형태를 띤다. 시빅센터^{Civic Centre}, 애덜리

Adderley, 퀸즈비치 스테이션^{Queens}

Beach Station, 우드브리지 스테이

션^{Woodbridge Station} 등 여러 탑승장

은 우리나라 지하철역처럼 카드

를 찍고 건물 내로 들어간 다음

버스를 타야 한다. 케이프타운

의 치안상태를 고려한 승객 안전장치가 아닐까 생각해본다.

버스는 전체적으로 아주 깨끗하고 쾌적하다. 사람들도 대부분 조용해서 이용하는데 불편은 없었다. 출퇴근 시간을 제외하면 버스 이용자가 많지 않다. 심지어 나 혼자 타고 시내를 돌아다닌 적도 여러 번이다. 낮 시간대의 버스 탑승은 전혀 위험해보이지 않는다.

버스를 타고 내릴 때는 앞문을 통해 이루어진다. 타고 나서 제일 먼저 할 일은 버스카드를 단말기에 태그 해야 한다는 것이다. 내릴 때 역시 운전사 옆의 단말기에 태그 하고 내려야 한다. 태그를 해야 환승했을 때 다음 버스를 무료로 이용할 수 있다.

여기서 주의해야 할 점은, 단말기가 두 개가 있는데 탈 때와 내릴 때 태그 해야 하는 단말기가 다르다는 것이다. 문 앞의 단말기('IN'이라 쓰여져 있고)는 탈 때, 운전석 쪽의 단말기('OUT'이라 적혀 있음)는 내릴

때 이용한다.

태그 하는 포인트는 스크린의 정 중앙에서 조금 아래 '손' 그림 있는 곳이다. 한동안 버스 탈 때마다 스크린에 태그 하는 게 어색해서 어리둥절하며 제대로 태그가 되는지 궁금했다. 태그를 하면 잠깐 동안 단말기 스크린에 요금과 잔액이 표시된다.

여행 중에 내 블로그에 댓글을 단 케이프타운 한달살이 블로거는, '버스는 정거장도 많지 않은 데다 기다리는 시간도 오래 걸리고, 우버의 가격이 비싸지 않으니 우버를 이용하라.'고 우버를 추천했다. 우버가 오히려 위험에 더 취약할 것이라 생각하여 이용을 아예 자제하고 있었는데, 댓글을 보고 우버를 적절히 이용하기로 마음을 바꾸니 이동에 대한 걱정이 완전히 사라졌다.

미리 알았더라면 테이블마운틴에서 숙소 돌아올 때 그런 스트레스는 받지 않았을 텐데, 역시 해외 여행은 정보가 절대적이다. 그 이후에도 가격이 저렴한 버스를 계속 이용하기는 했지만…….

버스 요금 체계

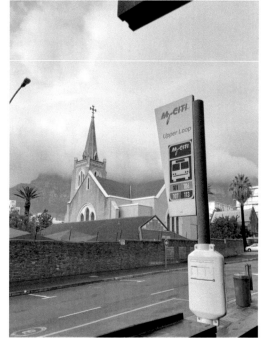

버스 요금 체계는 우리나라와 비슷한 면도, 전혀 다른 면도 있다.

우선 비슷한 점은, 카드를 구입하고 원하는 금액만큼 충전해서 사용하며 거리에 따라 금액이 부과되고 환승 체계도 있어 45분 이내 재 탑승 시 환승 요금이 무료라는 점이다.

다른 부분은, 피크시간대의 요금과 피크 외 시간대의 요금이 다르다는 것이다. 참고로 5km까지 피크 요금은 9.90랜드인데 반해 오프 피크 시간대는 7.90랜드로 20% 정도나 저렴하다. 게다가 거리나 탑승 횟수에 제한 없이 무제한 탑승할 수 있는 데이 패스Day Pass나 월 패키지Monthly Package를 운영한다.

My CiTi

Mover Fares

Distance band	Peak Fare	Off peak (Saver) Fare	Example journeys
0-5km	9.90	7.90	Omuramba - Century City Rail
5-10km	13.90	10.30	Salt River - Civic Centre
10-20km	17.90	14.10	Dunoon - Civic Centre
20-30km	19.90	16.90	Big Bay - Civic Centre
30-40km	23.50	18.90	Melkbosstrand - Sea Point
40-50km	25.30	21.70	Atlantis - Century City
50-60km	27.50	23.50	Atlantis - Adderley
60km+	29.70	25.70	Hout Bay - Atlantis

남아공이 영연방국가였던 탓인지 호주의 교통요금체계와 거의 동일하다. 요금은, 1일 패스 75랜드, 3일 패스 175랜드, 7일 패스 250랜드이며, 월 패스는 840랜드

1회 오프 피크 시간대의 요금은 7.90랜드, 즉 640원 정도로 우리나라에 비해 매우 저렴하다. 하지만 아주 특별한 여행자가 아니고서는 75랜드나 하는 1일 패스나 기타 패스 상품을 구입할 필요가 없어 보인다. 자신의 여행 스타일이나 목적에 따라 적절한 상품을 고를 수 있는 선택권이

주어진다는 것이 좋은 점이다.

애플리케이션

휴대폰에 앱을 설치하면 버스 도착 시간과 소요 시간, 요금, 탑승 장소

등 원하는 정보를 쉽
게 검색할 수 있다.
검색 결과를 앱에서
자체적으로 보여주
지 못하는 경우 구글
맵에 연동하여 보여
주기도 한다. 앱으로

버스 검색을 할 수 있으니 처음 가는 장소 어디에 있어도 이동하는 방법

이 별로 걱정되지 않는다. 다만, 앱에서 알려준 시간이 되어도 시간을 어

기는 차편이 많은 것만 제외하면 꽤 쓸 만하다.

참고로 앱을 아이폰 앱스토어에서 검색하면 도무지 찾을 수가 없었고,

홈페이지에서 간신히 찾아 설치할 수 있었다. 앱스토어에서 'MyCiTi'로

검색을 하면 찾을 수 없다. 'MyCiTi bus'로 검색하면 한참 아래쪽에 검

색결과가 뜨기 때문에 검색 결과를 인내심을 갖고 아래로 스크롤 해야 한다. 차라리 네이버나 구글 검색창에 'MyCiTi bus'로 검색해서 들어간 후 앱 설치를 하는 편이 더 나을 수 있다.

카드 구매 버스역, 일부역이나 시내 ATM(판매원 없이 기계로 구입해야 하는 곳이 많음)

홈페이지 www.myciti.org.za

마이씨티

공항-시내 버스 카드

시내 버스 카드

아직도 한국을 모르는 사람들이 있다구?

'한국을 모르는 사람들이 이렇게 많을 줄이야!'
에어비앤비 아파트 경비 두 명과 이야기를 나누던 중 한국^{Korea}을 모르길래 K-POP, BTS, 손흥민 심지어 오징어 게임도 모른다는 이야기에 무척 놀랐다. 결국 LG, 삼성, 현대자동차를 꺼내니 '그게 한국 기업이냐?'면서 그것들은 안다고.
아무리 남아공이 한국과 멀리 떨어져 있다고 하더라도 정치, 사회, 경제, 문화 면에서 주가를 올린 지 오랜 시간이 지나고 있는 한국을 모른다는 사실에 놀랐다. 심지어 여행자들이 많이 찾는 롱 스트릿의 맥줏집 직원과 가이드조차도 한국을 모른다고 해서 좀 충격이었다.

한 번은 맥줏집에서 직원들이 내 나이를 묻길래 맞춰보라고 했더니 43세, 39세를 이야기한다. 52세라고 했더니 정말로 엄청나게 놀라며 주방에 있는 할머니까지 데리고 나와 자기들끼리 떠들썩하게 이야기한다. 할머니는 주방에서 걸어 나올 때부터 입을 다물지 못하고 눈을 최대한도로 동그랗게 뜬 채로 정말이냐고 재차 묻는다.
영문 운전면허증의 생년월일을 보고 나서도 한참을 놀라워했고, 나는 나만 그런 게 아니고 아시아 사람들이 원래 좀 젊어 보인다고 말해주었다.

세계적으로 대한민국의 위상이 엄청나게 높아져서 남아공 여행 중에 'South Korea'에서 왔다고 하면 엄청 관심을 받고 대접도 받지 않을까 내심 기대했는데 말짱 꽝이라서 조금 서운했다.

기박 9일간 120만 원으로 가능했던 케이프타운 여행의 비밀, 항공 마일리지

인천-케이프타운 항공권 156,400원 결제, 이거 정말 실화?

항공 마일리지로 보너스 항공권을 구입했지만, 비행기를 많이 타서 마일리지를 모은 것은 절대로 아니다. 항공사와 연계된 신용카드를 사용하고 사용실적에 따라 마일리지를 받았을 뿐이다. 카드 사용실적에 따른 포인트나 할인 등에는 관심이 없고 오로지 마일리지만 적립한다.

아시아나항공은 아프리카 어느 한 나라에도 취항하지 않는다. 그런데

주남아프리카공화국 대한민국 대사관

주소 265 Melk Street, Nieuw Muckleneuk, Pretoria 0181

업무시간 오전 8:00~12:00, 오후 1:00~4:00(월요일~금요일)

대표전화(근무시간 중) +27-12-460-2508

긴급 연락전화(근무시간 외, 24시간) +27-66-332-5897

영사콜센터(서울, 24시간) +82-2-3210-0404(유료)

케이프타운 국제공항

작스레 떠났던 남아프리카공화국 케이프타운 여행은 궁금한 것도, 걱정도 많았던 여행이었지만 새롭고 꽤 흥미로운 경험이었다.

케이프타운이 위험한 도시로 알려져 있어 얼마나 위험한지 내 눈으로 확인해보고 싶은 마음도 있었지만, 약간의 긴장감과 위험스러운 행동을 하지 않는다면 사람 사는 곳은 다 비슷하다는 것을 다시 한번 체험했다.

저녁시간에 전기가 나가는, 우리나라에서는 상상할 수 없는 일을 아무

일 아니라는 듯 겪기도 하고, 늘 DSLR을 가지고 여행 가던 패턴과 달리 휴대폰 하나만 딸랑 갖고 다니며 사진과 동영상을 찍은 것도 처음이자 신선한 경험이었다.

PP카드^{Priority Pass Card}를 포기하고 처음으로 라운지 키^{Lounge KEY}를 사용하여 케이프타운 공항 라운지를 사용하기도 했다. 코로나19로 많은 공항 라운지가 폐쇄되기도 하고 너무 일찍 문을 닫는 이유로 이용하고 싶어도 이용하기 힘든 시기였는데, 다행히 세계적으로 거리두기 제한이 많이 해제된 데다 시간대가 잘 맞아 이용할 수 있었다.

7일간의 여행은 너무 짧았던지 계획에서 비껴간 것들이 많아 아쉬움이 남는다.

아쉬움

제일 아쉬운 것은 렌터카를 이용하지 못한 것이다. 렌터카를 이용해 자유롭게 케이프타운의 멋진 해변과 채프만스피크^{Chapmans Peak}, 희망봉, 스텔렌보쉬 등을 여행하는 계획을 세웠었다. 미리 예약하지 않은 채 출발했고 현지에서 상황을 보며 롱 스트릿의 숙소 근처에 있는 업체에서 직접

씨티 워킹투어

월 스미스를 닮은 숙소 경비 에릭

두 아이의 아빠 숙소 경비 J.P.

예약하려고 했는데 결국 좀 더 안전한 여행을 하자는 생각에 운전을 포기했다. 한국에 있는 딸이 걱정되기도 했다.

렌터카로 특별한 목적지 없이 드라이브하다가 현지인을 만나는 것도 기대했었다. 혹시 필요한 사람이 있을 수 있어 아이 셋을 가진 친한 친구의 도움을 받아 아이들 옷도 준비해갔는데 렌터카를 이용하지 않는 바람에 계획을 실행하지 못했다. 고민 끝에 옷은 숙소 경비 J.P.에게 주고 필요한 아이들에게 나눠주기를 부탁했다. 여행을 마치고 돌아왔는데 J.P.는 WhatsApp을 통해 필요한 아이들에게 잘 전달했다고 고마움을 전했다.

인생 첫 패러글라이딩을 계획에 넣었다가 포기한 것도 아쉽다. 번지점프는 뉴질랜드 퀸즈타운Queens town에서 하려고 아껴 두고 있는 것처럼 패러글라이딩 역시 뭔가 특별한 장소에서 해보고 싶어 케이프타운 시그널 힐에서 꼭 날아보고 싶었는데 현지에서 갑자기 마음이 바뀌었다. 무서워서 포기한 건 절대로, 절대 아니고 왠지 마음이 동하지 않았다.

보캅을 혼자 자유롭게 걸으며 찬찬히 감상해보려고 했던 것은 만난 현지인들마다 그러지 않기를 바랐고, 남의 말을 잘 듣는 난 그 말을 따랐다. 다른 여행에서 늘 경험했던 도시 야경을 감상하지 못한 것도 아쉽다.

기념품

해외여행에서 남는 것은 사진과 추억 외에도 기념품이 있다. 남아공만의 기념품을 찾아봤으나 흥미를 끄는 물건이 별로 없었다.

케이프타운 인근에서 생산되는 루이보스 차, 남아공에서 생산한 컬러 풀한 커피잔, 돌로 만든 아프리카 동물 인형 등으로 만족해야 했다. 한번 들른 캠스베이비치 스타벅스 커피숍엔 컵을 판매하지 않아 케이프타운 이름이 새겨진 컵도 사지를 못했다.

짐바브웨에 가면 0이 많이 들어간 지폐를 기념으로 사 오고 싶었는데 V&A 워터프론트에서 우연히 짐바브웨 달러를 발견했다. '조'까지는 아

니고 100억, 200억, 500억 달러짜리 지폐 세 개를 150랜드에 샀다. 0이 너무 많아 얼마짜리인지 세어 보는데 눈이 돌아가고 아프다. 국가의 불행 을 이렇게 여행 기념품으로 사 오는 일이 미안하고 안타깝다.

다음 아프리카 여행은 치안에 전혀 걱정 없이 혼자서도 자유롭게 돌아 다니고, 동행자가 있어 더 풍성하고 재미있는 여행을 기대해 본다.

여행에 미친 스모코